Hendrik Jakobsen

Geschichten des „Alltags"

Acht Kurzgeschichten über Frauen, Männer und Kinder

2. Auflage
Copyright © 2014 by Hendrik Jakobsen, Völklingen

Covergestaltung by Hendrik Jakobsen
Herstellung und Verlag:
Books on Demand GmbH, Norderstedt

ISBN: 978-3-7386-0531-0

Inhalt:

1.	Böse Welt	Seite	5
2.	Böser Mann	Seite	15
3.	Kranke Frau	Seite	19
4.	Wintermärchen	Seite	27
5.	Ingo - Waisenkind	Seite	35
6.	Prinzessin Leonie I	Seite	145
7.	3 6 5 – 1 Tag – 1 Mord	Seite	147
8.	Prinzessin Leonie II	Seite	237
9.	Günther	Seite	239

Hendrik Jakobsen

Böse Welt

Wir sind Hendrik und Claire. Hendrik Jakobsen und Claire Grube-Jakobsen. Wir sind 37 und 37 Jahre alt. Wir leben in einer kleinen Stadt im Saarland. Seit 37 und 37 Jahren in derselben Stadt. Wir kennen uns seit 35 und 35 Jahren.

Vor nunmehr 16 Jahren bekamen wir unser erstes Kind. Claudia. Zwei Jahre später, also vor 14 Jahren, empfing meine Frau unser zweites Kind. Hubertus.

Wir waren stolz. Zwei gesunde Kinder. Weiterhin war ich in meinem Beruf erfolgreich, ebenso wie meine Frau. Ich arbeitete in einem Stahlwerk und meine Gattin war die Hausfrau, die Mutter und die Selbstständige, da sie in unserem Keller ein Nagelstudio einrichtete, das sich alsbald großer Beliebtheit erfreute und fast alle Frauen der näheren Nachbarschaft, aber auch Frauen aus dem Ort oder gar von außerhalb, anlockte. So konnte meine Frau ihren Beitrag zur Aufbesserung der Haushaltskasse leisten, obwohl sie „nebenbei" noch Hausfrau und Mutter war.

Alles schien perfekt. Das Haus konnte problemlos abbezahlt werden, unsere beiden Autos waren bar bezahlt worden und auch unsere Möbel waren frei von Schulden.

Dann passierte es. Vor 10 Jahren. Das, was man keinen Eltern wünscht – nicht mal den Eltern, die man gar nicht leiden kann, weil sie immer wieder mit der intelligenz und der einzigartigkeit, ihres, in Wirklichkeit grenzdebilen, Nachwuchses prahlen.

Unsere beiden Kinder Hubertus (6) und Claudia (8) kamen nach ihrem Klarinettenunterricht bei Frau Lemke-Barth-Schneider nicht mehr nach Hause.

Natürlich sorgten wir uns von der ersten Minute an. Noch nie kamen die Kinder zu spät von ihrem Klarinettenunterricht nach Hause, vor allem, weil ich die Kinder gewöhnlich bei Frau Lemke-Barth-Schneider abzuholen pflegte.

Dies erklärte auch meine Frau, als die beiden Sprösslinge, um mehr als zehn Minuten über der gewöhnlichen Zeit, noch nicht zu Hause waren, und sie gerade den letzten Schluck grünen Tee, an ihrem Stammplatz, dem dick gepolsterten Wohnzimmersessel, ausgetrunken hatte.

»Hendrik! Ich beginne mich um unsere beiden Kinder zu sorgen. Sie sind schon zehn Minuten über die Zeit.«

»Wie spät ist es denn, meine Liebe?«

»Die Uhr zeigt nun schon 19.29 Uhr. Normaler-weise sind die Kinder immer gegen 19.18 Uhr an der Haustüre und läuten!«

»Das ist korrekt, meine Liebe. Sie läuten, weil ich sie immer vor der Garage aussteigen lasse, damit sie nicht mit ihren Klarinetten durch die

Garage laufen müssen. Vielleicht sollte ich ein weiteres Mal aufbrechen, um nach den Kindern zu sehen.«

»Wieso hast du sie denn eben nicht mitgebracht?«

»Ich wollte dies ja machen, aber als ich an der Haustüre von Frau Lemke-Barth-Schneider läutete, führte sie aus, dass unsere beiden Sprösslinge gerade im Moment losgegangen seien, da sie nicht im Regen stehen und auf mich warten wollten. Dies wäre Claudias Idee gewesen.«

»Dieses Mädchen ist ein echter Wildfang. Ich hätte mich das zu meiner frühen Jugendzeit nicht getraut, alleine im Dezember durch die Straßen zu laufen. Wer weiß denn, wem man da heutzutage in der Dunkelheit begegnet.«

»Das ist vollkommen richtig, meine Liebe. Ich werde nur noch meinen Mantel wechseln und dann erneut zu Frau Lemke-Barth-Schneider fahren, um mich nach unseren Sprösslingen zu erkundigen.«

»Ja, tu dies, mein lieber Hendrik. Ich werde derweil hier warten und dem Mädchen sagen, dass sie das Abendessen der beiden Kinder warmhalten soll. Die Kasspatschio schmeckt ja nur bei mittlerer Wärme.«

»Da hast du recht, meine Liebe.«

Ich ging hinauf in das Ankleidezimmer und wechselte meinen braunen Mantel, den ich für gewöhnlich bei der Arbeit trug, gegen meinen hellbraunen Mantel, den ich zu privaten Anlässen trage. Als ich wieder an der Haustüre ankam, erkundigte ich mich bei meiner geliebten Gattin, ob die Kinder derweil zu Hause angekommen wären, was diese verneinte. Dann öffnete ich die

Türe, die mich zum Vorgarten führt, während meine Frau die Treppe zur ersten Etage hinaufschritt, um ihr allabendliches Bad zu nehmen.

Ich fuhr zu Frau Lemke-Barth-Schneider, die mir erst nach dem dritten Läuten die Türe öffnete, da sie bereits zwei weitere Schüler am Unterrichten war.

Da sie nichts mehr von den Sprösslingen hörte, fuhr ich den Weg ab, den die Kinder genommen haben mussten, ohne sie zu entdecken.

Allerdings erblickte ich ihre beiden Klarinetten. Damit zumindest diese in meiner Obhut waren, hielt ich den Wagen an, stieg aus und nahm sie mit mir.

Bevor ich wieder in meinen BMW einstieg, blickte ich noch ein weiteres Mal umher, stellte aber fest, dass sich keine Kinder in der Nähe aufhielten. Auch ein kurzer Ruf in die Nacht wurde nicht erwidert.

Also stieg ich wieder ein und fuhr nach Hause.

Dort angekommen, legte ich die Klarinetten auf die Betten der beiden Sprösslinge, zog dann meinen Mantel aus und wechselte auch die darunter befindliche Kleidung und stieg in ein bequemes, blaues Hemd, blau-weiß gestreifte Boxershorts und mein ebenso blaues Sportsakko. Meine schwarzen Strümpfe tauschte ich gegen meine hellbeigen Lederpantoffeln mit Schafsfell und machte mich auf den Weg zu meiner Frau.

Ich verließ den Ankleideraum und begegnete dem Mädchen, das meiner geliebten Gattin gerade eine kühle Flasche Champagner, aus der Küche brachte.

Als ich das Badezimmer betrat, lag Claire entspannt, unter den Klängen von Wahlgesang, inmitten der mit Schaumbad gefüllten Wanne. Es roch nach Lavendelduftkerzen und meine Frau stöhnte leise, da sich wohl – ich konnte es durch den Schaum nicht sehen – gerade den körperlichen Freuden einer Frau hingab.

Ich blieb stehen und wartete, bis die Freude ihren Höhepunkt erreicht hatte und sie sich ein weiteres Glas Champagner zur Entspannung ausgegossen und zum ersten Mal daran genippt hatte. Dann erkundigte ich mich, ob sie eine mögliche Ankunft der Kinder bislang hätte feststellen können – was sie verneinte.

So ging ich hinunter ins Wohnzimmer und setzte mich in meinen, etwas weniger dick gepolsterten Sessel, um meine Tageszeitung zu lesen. Das Mädchen brachte mir, wie jeden Abend, ein Glas Whiskey und stellte es auf das kleine braune Tischchen, welches sich neben meiner Sitzgelegenheit befand.

Kurz bevor es den Raum wieder verlassen hatte, drehte es sich noch einmal um und fragte mich nach dem Verbleib unserer Sprösslinge.

Ich erklärte ihr, dass ich lediglich ihre beiden Instrumente gefunden hätte, nicht aber die Kinder.

Daraufhin meinte das Mädchen, dass wir vielleicht die Polizei verständigen sollten, damit die sich mit der Sache befassen könnte.

Dies kam mir sehr ungelegen, da zeitnah meine Frau wieder aus dem Badezimmer nach unten kommen und fernsehen wird, wie sie es jeden Abend zu tun beliebt.

Als ich dies dem Mädchen darlegte, starrte ich in ein Gesicht, dem jegliches Verständnis für meine Argu-mentation fehlte.

Also gab ich ihr nach und rief die Polizei an. Gerade als ich den Hörer wieder auflegte, betrat meine Frau den Raum und erkundigte sich, nach dem Telefonat.

»Das Mädchen wollte, dass ich die Polizei, ob des Verschwindens unserer beiden Sprösslinge, herbeirufe.«

»Das kommt mir jetzt aber sehr ungelegen. Ich möchte jetzt – wie jeden Abend – fernsehen.«

»Dieses Argument brachte ich vor, es wurde aber nicht akzeptiert.«, erwiderte ich meiner Gattin.

»Sie hat dich am Wickel. Du hättest mit ihr keinen Sex haben sollen, mein Lieber. Sie hat seither zu viel Macht über dich.«

»Ja, ich weiß, mein Liebling – aber ich stehe nun mal sehr darauf, dass man mir auf dem Küchentisch einen Haufen auf den Bauch setzt, den dann schön verreibt und mir dann einen runterholt, während es mit seinem Arsch auf meinem dreckigen Bauch sitzt. Du tust es ja nicht für mich.«

»Weil es ekelhaft ist, Schatz. Weil es ekelhaft ist.«

»Ich weiß. Ich weiß.«

»Wann wird die Polizei denn etwa eintreffen?«

»Die Dame am Telefon ließ mich wissen, dass ihre Kollegen in etwa zehn Minuten bei uns eintreffen werden.

»Dann kann ich ja noch einen Wodka-Lemmon trinken.«

»Dann nehme ich noch einen Whiskey und lese noch eine Weile meinen Gebrauchtwagenteil.«

Als das Mädchen uns die geforderten Getränke servierte, klingelte es an der Tür. Es war die Polizei.

Eine dicke Frau, etwa 40 Jahre alt, die aussah als wäre sie 55 Jahre alt, betrat, von unserem Mädchen geführt, das Wohnzimmer.

Sie stellte die üblichen Fragen und dann stellte sie die beiden Klarinetten sicher, um vielleicht Finger-abdrücke oder DNS oder DNA zu finden – wie auch immer.

Danach zeigte ich den Polizisten noch, wo ich die Instrumente gefunden hatte, so konnte wenigstens meine Frau ihren Abend genießen.

Ich konnte dies dann zwei Stunden später tun, als ich wieder nach Hause kam und ich mich mit dem Mädchen in der Küche vergnügte.

Zwei Tage später hatte die Polizei dann erste Ergebnisse erzielt. Sie konnten einen Fingerabdruck identifizieren, der zu einem rumänischen Menschen-händler gehörte, von dem man aber eigentlich dachte, dass er schon drei Jahre zuvor verstorben wäre. Sein Name war – den habe ich im Laufe der Jahre vergessen, was wohl hauptsächlich daran liegt, dass wir danach nichts mehr von der Polizei gehört hatten, was uns irgendwie hätte Hoffnung machen können, dass unsere Sprösslinge noch leben würden.

Nach drei Jahren stellte die Polizei die intensive Suche ein und erstellte einen vorläufigen Abschluss-bericht in dem zu lesen war, dass die Kinder wohl nach Rumänien verschleppt wurden.

So lebten meine Frau, das Mädchen und ich unser Leben eben geordnet und entspannt weiter, ohne dass wir permanent durch das Dasein und die spontanen Einfälle irgendwelcher Kinder gestört wurden.

Mein Name tut nichts zur Sache. Ich kenne Hendrik schon seit dem Kindergarten. Ich fand schon immer, dass er ein komischer Kauz war. Als Jugendliche dachten wir immer, dass Hendrik der perfekte Beamte wäre. Seine ganze Art, seine Prioritäten und auch seine Sichtweise auf die Dinge des täglichen Lebens, seine Art immer wieder dasselbe – fast schon wie eine Maschine – zu tragen, zu machen – war auf eine gewisse Art ziemlich nervig – fast schon penetrant.
Jedenfalls waren uns schon immer zwei Sachen klar:

1. Der Typ wird bestimmt nie ne Frau finden, und wenn er eine findet, ist das entweder eine total abgedrehte Punkschlampe, dass genaue Gegenteil von ihm, oder aber sein weibliches Gegenstück – also eine, die genauso ist, wie er.
2. Der Typ wird nie Kinder haben, und wenn er welche hat, dann sind das entweder auch kleine Beamte mit Pullundern, idiotischen Namen, die liebend gerne von allen anderen Kindern verprügelt werden, oder aber, wenn sie ihm nicht passten, dann würde er sie überfahren oder sonst was mit ihnen anstellen.

Zum ersten Punkt: Er fand eine Frau, die genauso ist wie er.
Zum zweiten Punkt: Ich gehöre zu einer Gruppe von Leuten, die es reichen Europäern ermöglicht, besondere kulinarische Gelüste zu befriedigen – gegen großes Geld versteht sich. Dies geschieht in einem kleinen rumänischen Dorf und wir sind

immer froh, wenn wir kostenloses Frischfleisch „gespendet" bekommen ...

Hendrik Jakobsen

Böser Mann

Ich bin Hendrik. Hendrik Jakobsen. Ich bin 37 Jahre alt. Ich lebe in einer kleinen Stadt im Saarland. Seit 37 Jahren in derselben Stadt. Ich bin fleißig und gewissenhaft. Seit 17 Jahren arbeite ich bei einem ortsansässigen Autobauer. 16 Jahre lang war ich mit meiner Frau Claire verheiratet. Claire war ebenfalls 37 Jahre alt. Zusammen hatten wir zwei Kinder, Hubertus, 12 Jahre und Claudia, 12 Jahre. Sie waren zweieiige Zwillinge.

Warum ich in der Vergangenheit rede?

Weil sie tot sind. Alle drei sind tot. Ermordet von meinem Nachbarn Hans Hammerschmidt. Warum ich es weiß? Weil ich es beobachtet habe. Unser Einfamilienhaus steht nur etwa fünf Meter vom Einfamilienhaus meines Nachbarn entfernt. Von meinem Schlafzimmerfenster aus kann ich in das Schlafzimmer meines Nachbarn sehen.

Hammerschmidt ist ein seltsamer Kauz. Er arbeitet nicht. Ich habe ihn noch nie das Haus verlassen sehen. Er hat auch kein Auto. Er scheint den ganzen Tag in seinem Schlafzimmer zu verbringen. Niemals sehe ich ihn woanders.

Er ist, wie gesagt, ein seltsamer Mensch. Ein Außenseiter. Aber ich kann mich gut mit ihm unter-halten. Manchmal stehen wir stundenlang an unseren Schlafzimmerfenstern und besprechen die Dinge des täglichen Lebens miteinander, wobei er fast immer eine gegensätzliche Meinung zu der Meinen zu hat.

    Deshalb kann ich ihn nicht leiden. Aber wer kann schon einen Mann um die 40 leiden, der immer eine andere Meinung hat und sein ganzes Leben in seinem Schlafzimmer verbringt!? Wobei ich sagen muss, dass er ein sehr schönes Schlafzimmer hat. Es ist mit einem breiten Wasserbett und einem riesigen Schrank mit mindestens vier Türen ausgestattet, ebenso wie unseres.

    Claire wollte immer ein Wasserbett. Vor etwa vier Jahren konnte meine Frau mich von der Notwendig-keit eines solchen Bettes überzeugen – und es war eine gute Entscheidung. Nie wieder möchte ich in einem normalen Bett liegen. Nie wieder wollte ich ohne meine geliebte Frau in einem solchen Bett liegen.
Das ist jetzt aber vorbei – Claire ist tot. Ermordet. Ermordet von meinem Nachbarn Hans Hammerschmidt.

    Gerade eben hat er es getan. Mit einem Küchenmesser hat er meine Frau erstochen – erst hat er in ihren Bauch gestochen, dann in den Brustkorb und zum Schluss packte er sie bei den Haaren, hielt ihren Hals nach hinten und schnitt ihr gekonnt die Kehle durch. Dann ließ er von ihr ab.

    Dies kam diesem Schweinehund sehr gelegen, da just in diesem Moment unsere beiden

Kinder das Schlafzimmer des Nachbarhauses betraten. Reflexartig packte er beide bei den Haaren, zog sie in den Raum hinein und verschloss die Zimmertür. Den Schlüssel steckte er in seine Hosentasche. Sekundenschnell geschah dies. Ich konnte nichts mehr tun. Unsere Tochter rutschte auf dem Blut meiner Frau aus und knallte mit dem Hinterkopf gegen die Kante, des kleinen Nachttisches, der seinem Bett gegenüberstand. Sie war bewusstlos.

So konnte sich dieser Perverse unseren Sohn vornehmen. Ihm durchschnitt er direkt die Kehle. Mit ihm machte er ganz kurzen Prozess.

Ich stand da – fassungslos – blickte ich in das Zimmer. Dann griff er sich unsere leblose Tochter. Er packte sie bei den Haaren, hielt sie mir am Fenster entgegen und auch ihr schnitt er die Kehle durch. Dabei grinste er fies und kühl.

Was für ein Schwein!

Die Sekunden, die nun verstrichen, kamen mir wie Stunden, ja wie Tage, ja wie Jahre vor.

Dann aber tat ich das Richtige. Ich griff mir mein Handy und wollte die Polizei anrufen.

Gerade als ich die Nummer gewählt hatte, fiel ein Schuss in das Fenster meines Nachbarn. Die Scheibe zersplitterte. Dann fielen zwei weiterer Schüsse. Das Blut spritzte gegen das Glas und er sank hinunter.

Dann hörte ich eine Stimme:

»Der erste Schuss ging in den Spiegel. Die zweite und dritte Patrone trafen ins Schwarze. Schulter und Unterschenkel des Zielobjektes wurden getroffen. Bitte sofort die Sanitäter herholen!«

Hendrik Jakobsen

Kranke Frau

Mein Name ist Claire. Claire Jakobsen. Ich bin zurzeit in einer Klinik, weil meine Schwester, meine ältere Schwester, Beate, meine Familie ermordet hat.

Aber immer der Reihe nach. Ich lebe im Saarland. Schon immer. In einer kleinen Stadt im Saarland. Ich bin 37 Jahre alt. Ich bin wie gesagt zurzeit in einer Klinik. Die Ärzte wollen mir zwar immer wieder erklären, dass ich in einem Altersheim oder „Pflegeheim" sei – aber damit wollen sie mich nur täuschen. Um mich zu beruhigen, weil mich der ganze Stress und der jahreslange Kampf mit meiner Schwester ordentlich Nerven gekostet hat. Das ist jetzt aber vorbei. Zwar zu einem sehr hohen Preis, aber es ist ausgestanden.

Beate ist das Zweite von fünf Kindern meiner Eltern gewesen. Da war zuerst einmal mein ältester Bruder Achim, dann Beate, dann komme ich, Claire, dann mein jüngerer Bruder Dieter und meine jüngste Schwester Emily. Dann hatten wir früher noch fünf Hunde. Die hießen Achim, er war ein Neufundländer, dann Beate, eine Cocker-Spaniel-Hündin, dann hatten wir Claire, sie war ein Prager Rattler, der Hund meines Bruders

Dieter hieß Dieter, er war eine Französische Bulldogge und zuletzt noch der Hund meiner Schwester Emily, der hieß Emily und war ein Königspudel.

Später hatten wir dann noch Kaninchen. Fünf Stück. Mein Vater brachte sie zu einem großen Fest im Sommer 1954 mit, das zu Ehren meines 15. Jahrestages meiner Geburt gehalten werden sollte.

Ich wünschte mir, dass wir die Hasen nicht essen. Das sollte mein Geschenk sein. Und da mein Vater ein guter Vater war – er prügelte immer nur die Mutter und uns Mädchen – damit wir, wie er es nannte – auf dem rechten Weg blieben – und belohnte seine Söhne mit Zigaretten und einem schönen Glas Whiskey oder britischem Scotch, den sein Bruder, sein ältester Bruder Angus, immer aus England mitbrachte.

Mein Vater noch einen älteren Bruder: Brian. Mein Vater, Charles, war das Dritte von fünf Kindern. Da waren dann noch die beiden Tanten Daisy und Ella. Aber die tun nichts weiter zur Sache. Daisy starb 1941, als sie einen Freier in Manchester besuchte und auf der Flucht vor dessen Frau die Treppe herunterfiel und sich dabei den Hals brach.

Ella wurde 1938 von einem Pferd, welches einen Karren durch London schob, totgetrampelt.

Meine Geschwister und ich genossen jedenfalls eine schöne Kindheit. Bevor wir mit 7 Jahren in die Schweiz auf ein Internat kamen, versorgten uns zwei Kindermädchen, die ihrerseits noch fast Kinder waren – und auch von meinen Eltern fast wie eigene Kinder behandelt wurden. Fatima war gerade 18 geworden, als sie 1935 zu uns kam und Galeschka war 19. Sie kam 1938, ein Jahr vor meiner Geburt, zu uns ins Haus.

Mein Vater mochte sie. Er mochte sie beide. Er mochte sie beide lieber als unsere Mutter – sagte mir mal meine Oma Agneta – die finnischer Abstammung war. Sie war das Älteste von vier Kindern. Ihre Brüder hießen Benny und Björn – ihre Schwester hieß Annafried.

Das war 1889.

Auch meine Brüder mochten Galeschka und Fatima. Allerdings erst ein paar Jahre später und auch nicht unsere Kindermädchen, sondern deren Kinder, die später auch bei uns zu Hause aufwuchsen, nachdem meine Mutter eines Nachts die Treppe herunter ging und sich dabei den Hals brach.

Seit dieser Zeit schliefen Galeschka und Fatima dann auch im Zimmer meines Vaters – um ihn zu trösten - sagte er.

Kurze Zeit später kamen dann Fatima und Galeschka zur Welt. Die beiden wuchsen mit uns zusammen auf und gingen auch mit uns aufs Internat in Bern.

Dort begannen dann meine Brüder Fatima und Galeschka zu mögen.

Ich hingegen mochte unseren Gärtner. Den sah ich aber immer nur, wenn ich den Ferien zu Hause war. Allerdings verlor ich mein Interesse an ihm, als er im 2. Weltkrieg fiel. Als Kind vergötterte ich diesen Mann, der die Hecken so schön schneiden konnte. Ich brachte ihm immer Kakao und er pflügte mir Blümchen. Fast jeden Tag. Dann aber kam er um.

Ich mag keine toten Männer – vor allem nicht, seitdem ich geschlechtsreif wurde. Da

gefielen mir dann plötzlich andere Männer –
lebende Männer.

Allerdings war ich tugendhaft. Ich habe es
mir bis zu meinem 21. Geburtstag immer brav
selbst gemacht. Meistens mit meinem linken
Zeigefinger oder einer Salatgurke. Manchmal
steckte ich mir auch einfach sieben, acht Walnüsse
unten rein und lief dann den ganzen Tag damit
herum.

Als ich dann aber 21 geworden war, gab es
nur noch meine Schwester Beate und mich. Alle
anderen waren tot.

Sie mochte aber niemand. Sie war geistig
nicht ganz auf der Höhe. Darum musste ich sie bei
mir wohnen lassen. Das versprach ich meiner
Mutter auf ihrem Sterbebett.

Sie war immer neidisch auf mich. Ich hatte
mit 22 Jahren meinen Mann Hendrik und wir
hatten unser erstes Kind: Alexander.

Hendrik war das Jüngste von acht
Kindern. Er hatte sieben Schwestern: Anna,
Barbara, Celine, Dalia, Elfriede, Franziska und
Gabriele.

Insgesamt bekamen Hendrik und ich vier
Kinder. Alexander, Baltus, Cecilia und Delfina.

Delfina war fett – sie war so elendig fett,
dass wir ihr einen Rollstuhl kaufen mussten, weil
sie nicht selbstständig laufen konnte. Sie wog 287
Kilo, bevor meine Schwester sie umbrachte. Da
war sie gerade mal 20 Jahre alt. Das war vor zwei
Wochen.

Alle sind tot.

Alle.

Gerade hatte mein „Knödelchen", mein
geliebtes kleines Speckknödelchen einen Beau

gefunden, einen geilen, alten, reichen Sack, der sich ihrer Wülste und ihrer Fütterung annehmen wollte, gefunden, da brachte meine Schwester, meine kranke Schwester, aus reiner Eifersucht, mein geliebtes Knödelchen um. Einfach so. Mit einem Messer erstochen. Immer wieder erstochen. Immer wieder in die Kehle. Bis man ihr den Kopf einfach von ihrem walartigen Rumpf abheben konnte.

Diese Sau!

Wenn sie nicht meine Schwester wäre – würde ich so hassen. So sehr hassen, dass ich den allmächtigen Gott bitten – nein nicht bitten – sondern dazu nötigen würde – ihre dreckige, verkommene Mörderseele in der ewigen Hölle schmoren zu lassen – für immer und ewig – bis in alle Ewigkeit – und darüber hinaus.

Aber sie ist meine Schwester. Meine Familie. Blut ist dicker als Wasser – sagt man. Aber man sagt auch: Auge um Auge – Zahn um Zahn. Wie du mir – so ich dir.

Aber was soll ich machen? Sie hat keine Familie. Sie hatte nie jemanden. Nur mich. Wenn sie also meine Familie tötet, dann muss ich ihre Familie töten – das wäre dann ich.

Das würde ich ihr gönnen! Wenn ich nicht mehr wäre, um mich um sie zu kümmern! Dann wäre sie alleine – ganz alleine! Das hätte sie dann davon! Das würde ich ihr gönnen. Dass sie in ihrer Blödheit – in ihrer vernebelten Welt - ganz auf sich allein gestellt wäre. Wie ein blinder Fisch, der von der Brandung an Land gespült wird. Und dann steht sie da. Neben ihr stehen schon die Hyänen, die sie nicht erkennen kann – die Gefahr, die sie nicht wahrnehmen kann. Ihr Ende! Das Ende, das sie sich so verdient hat. Das Ende, das von Anfang an ihr Schicksal war! Sie kann nicht alleine existieren. Wenn ich nicht mehr bin, ist sie auch nicht mehr.

Oder noch viel !!!besser!!! – wenn SIE nicht mehr ist, kann ICH alleine weiterleben. ICH brauche SIE nicht. SIE braucht MICH!

Ich werde sie zu mir rufen und dann werde ich sie umbringen. Umbringen werde ich sie, wie sie meine Familie getötet hat.

Ich rufe sie also an, und bitte sie zu mir in die Klinik zu kommen.

Ich lebe in einer Klinik. Ich bin ja nicht verrückt. Sondern meine Schwester. Diese frigide, alte Schnalle. Dieses blöde Stück, die in ihrem Leben niemals etwas zustande gebracht hat. Schon als Kind hat sie nie was zustande bekommen.

Sieben Minuten nach meinem Anruf kam meine Schwester in mein Zimmer.

»Da bist du ja endlich, meine liebe, liebe Beate.«, sage ich säuselt zu ihr, » Kommst du bitte mal etwas näher zu mir?«

Unter meiner Bettdecke halte ich das Messer, das ich vom Frühstück einbehalten habe.

»Das darf ich nicht, Frau Jakobsen.«, erwidert mir diese dumme Kuh.

Sie ist ganz in weiß gekleidet. Ich erkenne sie kaum wieder.

»Was wünschen Sie denn, Frau Jakoben?«
»Ich wünsche, dass du näher kommst, Beate.«

»Ich bin nicht Beate – ich bin Jasmin, Ihre Krankenpflegerin.«, versucht sich diese falsche Kuh zu verstellen.

»NEIN!«, schreie ich laut, »Du bist`s Beate. Ich erkenne dich doch! Du brauchst dich nicht zu verstellen! Ich erkenne dich!«, plötzlich überkam es mich und ich wurde sehr wütend.
Ich nahm das Messer unter der Decke hervor und versuchte diese blöde Sau zu erstechen.

»ICH BRINGE DICH UM!! ICH WERDE DICH UMBRINGEN!!! DU SAU – DU ALTE SAU – DU VERKOMMENE ALTE SAU!! DU HAST MEINE FAMILIE GETÖTET – DU SAU – DU SAU – DU SAU!«, schrie ich sie an.

»Aber nein, Frau Jakobsen. Beate ist tot! Seit 20 Jahren ist sie tot. Sie haben sie getötet – wie Sie Ihre gesamte Familie getötet haben!«

Dann verließ die Dame das Krankenzimmer und kam mit einem Arzt wieder, der mir eine Beruhigungs-spritze verabreichte.
Kurze Zeit später viel es mir dann wieder ein:
Ich bin Claire. Claire Jakobsen. Ich bin 73 Jahre alt und leide am schwerer Demenz ...

Hendrik Jakobsen

Wintermärchen

Es war einmal zu beginn des zwanzigsten jahrhunderts.
Eines abends kurz vorm weihnachtsfest wurde die großmutter krank.
Da der vater schon betrunken war – bat die mutter den sohn zur kranken frau zu eilen und ihr einen kuchen und einen laib brot zu bringen – damit es ihr über die feiertage besser gehen sollte.
Draußen lag schon schnee über einer dicken eisschicht und es stürmte heftig.
Der sohn - der seine oma sehr gern hatte - überlegte noch keinen moment lang – zog seine jacke an und verließ den warmen herd - um zur hilfebedürftigen zu eilen.
Die mutter rief dem sohn noch einmal nach - dass er auf die bösen wölfe achten soll – die da draußen ihr unwesen treiben.
Es war ein weiter weg – einmal durch die stadt musste der sohn gehen.
Die mutter sah ihm sorgenvoll durch das fenster in der küche hinterher.

Kurz darauf verschwand der sohn hinter einer häuserecke.

Die mutter wandte ihren blick dem gatten zu - der sich gerade mitten auf den küchentisch übergab - dann vom stuhle fiel und sich auf dem boden liegend selbst einnässte.

Der sohn kämpfte sich gegen den wind und den schnee seinen weg durch die dunklen kleinen gassen.

Der sohn eilte so sehr ihn seine beine trugen - soweit es seine zusammengedrückten augen zuließen.

Jedoch bereits an der ersten ecke des nächsten häuserviertels wurde der sohn von einem paar wölfe überrascht. Plötzlich kamen sie hinter einer tonne hervor und standen nun - wie eine mauer - vor dem sohn.

Dieser richtete seinen blick in die augen der tiere. Gierig sahen sie aus. Weit rissen sie ihre großen mäuler auf und drängten den sohn in die hintere ecke einer gasse.

Hektisch sah sich der sohn um - um irgendwo einen weg aus seiner misslichen lage zu erspähen - aber es gab nichts. Dann kam er an einer steinernen mauer an. Der sturm ließ ihn seine augen kaum öffnen.

Die beiden hungrigen wölfe standen vor ihm - einer begann am korb zu zerren - der andere machte sich an den kleidern des sohnes zu schaffen.

Schutzlos war der sohn - niemand zu sehen der ihm beistehen konnte.

Dann fasste er sich ein herz - als ein wolf den korb bereits fest in händen hielt - zog er das große messer daraus hervor – dass die mutter ihm mitgab um den kuchen und das brot in gerechte stücke – passend für den mund der großmutter - zu schneiden – und stieß es dem großen tier – welches sich an seiner warmen jacke zu schaffen machte – direkt ins herz.

    Laut jaulte das tier auf und fasste sich an seine rote stelle.

    Der sohn – wie im rausch – riss das silberne instrument aus dem organ des blutenden hundes und sprang dem zweiten wolf gen hals.

    Der jedoch wich – instinktiv – wie es nur ein tier kann – aus – und packte den sohn – der nun vor ihm im schnee lag.

    Das messer eine hand breit von ihm entfernt.

    Mit seiner riesigen pranke packte der wolf die gebundene stoffhose des sohnes und riss sie ihm hinfort.

    Dabei heulte das tier laut auf. Brünstig beugt es sich über sein opfer. Eine pfote drückt den kopf des sohnes ins weiße eis hinein – der andere greifer sucht den schweif.

    Der sohn – wie im wahn – reißt sich los – und packt das messer.

    Geschwind dreht er sich um - und sticht dem wolf durch seinen hals.

    Dort verweilt das messer und rot wird der griff – die hand - der arm - und letztlich auch das gesicht des sohnes.

    Leise wird der wolf nun.

    Leise ist einfach alles.

    Nur der wind ist noch zu hören.

    Mit weiten augen liegt der sohn nun da und beobachtet das was geschieht.

Tot waren nun die wölfe.

Als er leblos auf den sohn herabsinkt -
dreht der sohn den torso beiseite.
Auf dem rücken liegt der böse wolf nun.
Immer noch sind seine großen augen weit
geöffnet.
Das messer steckt ihm noch im halse.
Der sohn – er steht nun da und betrachtet
sich die üblen tiere.
Langsam bedeckt sie der schnee.
Er greift nach dem messer und als er seine
eigene – zerrissene hose wieder anzieht -
betrachtet er sich den unterleib - des toten wolfes –
der seine kleidung zerriss.
Er kniet sich zu ihm – packt seinen schweif
und schneidet ihn ab.
Dann wirft er ihn beiseite und reinigt sein
gesicht und seine hände vom roten lebenssaft der
üblen tiere.
Daraufhin setzt er seinen weg fort.

Er verlässt die dunkle gasse und erreicht alsbald eine kreuzung.

Hier muss sich der sohn nun entscheiden - ob er links herum geht – oder ob er den geraden weg wählt.

Der gerade weg führt ihn mitten durchs kneipen-/ und dirnenviertel – während der linke weg am viertel vorbei führt – dafür aber zwanzig minuten länger dauert.

Da der sohn immer noch aufgewühlt vom kampf mit den wölfen ist – wählt der den linken weg – der ihn ohne weitere schwierigkeiten zum haus der großmutter führt. Es ist das letzte haus am waldesrand.

Dort angekommen entdeckt der sohn, dass die haustüre nur angelehnt ist.

Langsam und behutsam öffnet er die pforte und schreitet leise in das haus der großmutter.

Schon im gang zum schlafzimmer hört er die großmutter ächzen und stöhnen.

Geschockt ist der sohn – als er den grund erblicken muss.

Wieder ein wolf – wieder liegt er auf seinem opfer – dass sich nicht wehren kann.

Die beine der großmutter angewinkelt – gegen die schultern des großen tieres. Der oberkörper der bestie wird neben den schultern der alten frau abgestützt. Sie stöhnt und ächzt vor schmerzen – erkennt der junge.

Der sohn kennt nur einen weg!

Auf den wolf - um der großmutter zu helfen. Tapfer stürmt der sohn - mit dem messer voraus - auf den übeltäter zu - und noch bevor dieser etwas unternehmen kann - ist sein schicksal besiegelt. Im hals - ja erneut im hals - steckt das werkzeug des jungen.

Der böse - der seiner großmutter so viele schmerzen bereitet hat - sinkt von seinem opfer und vom bett herab.

Der junge zieht das messer aus dem hals des tieres und rammt es ein weiteres mal in den sich windenden körper - einmal und noch einmal und noch einmal stößt der sohn mit ganzer kraft das messer in den rumpf der bestie.

Erleichtert ist das kind - als sich der böse böse wolf nicht mehr regt.

Blutüberströmt liegt er da. Die augen noch weit aufgerissen.

Eine lache bildet sich rings um den toten.

Nun blickt der sohn zur großmutter - die er gerettet hat.

Sie hat ihre augen - ebenso wie die üble bestie - weit aufgerissen und blickt schockiert auf den enkel.

Sie weiß sich keine worte - so überraschend wie der besuch des enkels war - so überrascht ist sie über seine tat - war der böse wolf doch gar kein böser wolf - sondern der liebe pudel aus der nachbarschaft - der einzig kam - um der großmutter - ihren abend zu verschönern.

Der sohn - im glauben das richtige getan zu haben - setzt sich auf das bett der großmutter und übergibt ihr den korb – den die mutter ihm mitgab.

Die großmutter – immer noch geschockt – hält sich eine hand vor den weit aufgerissenen mund – und kann noch nichts sagen.

Der sohn umarmt die alte frau liebevoll und drückt sie dann wieder auf ihre matratze zurück – damit sie sich von dem schreck erholen soll.

Er schaltet das licht aus und verlässt die großmutter wieder. Er schließt ihre zimmertür und dann auch die haustür und verschwindet dann wieder in der nacht.
Als der sohn zu hause ankommt - entdeckt er den vater auf dem boden liegen – in seiner nässe – und die mutter sitzt – mittlerweile auch volltrunken - am küchentisch – und stürzt – als sie den sohn begrüßen will - auf den boden.

Das macht den sohn traurig.
So kann es nicht weitergehen – denkt er sich – geht zur besteckschublade und tötet erst die mutter dann den vater mit einem messer im hals und fünf stichen in den bauch.
Danach setzt er sich an den küchentisch – wirft die öllampe um und bleibt im hause sitzen, bis dieses auf den grund des bodens abgebrannt ist.
Und wenn die Großmutter nicht gestorben ist, dann vögelt sie noch heut.

Hendrik Jakobsen

Ingo - Waisenkind

Originaltitel: Ingo (Gewalt, Drogen, Sex)[2]

1. Vorgarten der Familie Schmitt. Tag.

1997.

Im Hintergrund hängt die Mutter (36) Wäsche an die Leine und im Vordergrund spielen der Vater (37) und Ingo (10) Fußball; Alle tragen zeitgemäße Kleidung; Vogelzwitschern ist zu hören.

Vater:
    Los, Ingo! Steilpass!
Ingo:
    Tooooor!!
Vater:
    Gut, mein Junge!
    (Sie klatschen sich ab)
Ingo:
    Mama! Hast du das gesehen?
Mutter:
    Ja, Ingo! Das hast du ganz toll gemacht!
Ingo:
    Jetzt du, Papa! Ich spiele dir jetzt einen super-duper-mega-Pass und dann wirst du die Weltmeisterschaft gewinnen!
Vater:
    Okay, mein Junge. Ich laufe los und du spielst mir den Ball zu.

Ingo:
> Achtung, Papa! Jetzt kommt mein super-duper-mega-Pass!

Als der Vater das Tor trifft, lässt sich Ingo auf die Knie fallen und reißt die Arme hoch. Dabei jubelt er laut.

Ingo:
> Super, Papa! Wir sind Weltmeister! Wir sind Weltmeister!

Vater:
> Komm her, Partner!

Ingo:
> *(Er umarmt seinen Vater)*
> Das war toll! Du bist der beste Vater der Welt!
> *(Er dreht sich zu seiner Mutter um)*
> Mama hast du das gesehen! Wir sind Weltmeister!

Mutter:
> Ja, das war ein Spitzentreffer! Du hast den Ball aber auch hervorragend zu deinem Vater geschickt!

Ingo:
> Aber Mama! Das heißt doch Pass! Ich habe Papa den Ball gepasst!

Mutter:
> Alles klar, mein Engel. Das war ein toller Pass! Ich gehe jetzt ins Haus und mache das Abendessen. Ich rufe euch, wenn ich fertig bin.

Ingo:
> Alles klar, Mama! Komm, Papa! Wir müssen unseren Titel verteidigen!

Vater:
> Okay, mein Junge. Ich trinke nur mal kurz einen Schluck Wasser.

Mutter:
> Du solltest auch was trinken, mein Kleiner. Sonst trocknest du mir noch aus!

Ingo:
> Ja, Mama!
> Was ist das für ein Vogel, Papa?

Er zeigt auf einen Specht, der gerade dabei ist ein Loch in den Baum, der rechts vor dem Haus steht, zu schlagen.

Vater:
> Das ist ein Specht.

Ingo:
> Und warum macht der Specht den Baum kaputt?

Vater:
> Der Specht macht den Baum nicht kaputt. Er baut eine Höhle für sich und seine Familie.

Ingo:
> Und warum baut er nicht einfach ein Nest, wie die anderen Vögel?

Vater:
> Das ist bei Spechten eben so.

Ingo:
> Und wieso?

Vater:
> Weil ... nun ja ... weil sonst nicht genügend Platz auf den einzelnen Bäumen wäre. Darum bauen die Spechte sich Höhlen, damit die anderen Vögel sich Nester bauen können.

Ingo: (stolz)
> Du weißt wirklich alles, Papa! Du bist der beste Papa der Welt!

Der Vater legt seinen Arm um den Sohn und streichelt ihm über den Kopf. Er und Ingo gehen zur Haustür, wo eine Flasche Wasser und eine Flasche mit Orangensaft stehen.

In diesem Moment kommt die Mutter zur Haustür, zuerst lächelt sie zufrieden, dann sieht sie erstaunt zur Gartentür, wo gerade ein Motorrad vorfährt.
Auf dem Sozius sitzt die 16-jährige Tochter der Familie, ohne Helm. Anna steigt total betrunken von dem Motorrad und gibt ihrem Freund einen Kuss. Dabei schwankt sie hin und her. Dann wankt sie laut kichernd auf dem schmalen Pfad zur Haustür. Der Vater macht ein ernstes Gesicht, steht auf und geht ihr entgegen. Die Mutter stellt den leeren Wäschekorb auf den Boden und geht ebenso auf die 16-jährige zu. Diese beugt sich nun über einen kleinen Busch, der rechts am Wegrand steht, und übergibt sich. Die Eltern stellen sich neben ihre Tochter. Nachdem sie sich fertig erbrochen hat:

Vater: (energisch)
> Junge Dame! Kannst du mir bitte mal erklären, was hier los ist? Wieso kommst hier völlig betrunken, auf einem Motorrad sitzend, und noch dazu ohne Helm, mit einem fremden Kerl an, der nicht mal so viel Anstand hat, dich zur Tür zu begleiten?

Anna: (völlig fertig)
> Ach! Lass mich doch in Ruhe! Mir ist ... mir ist ...

Sie beugt sich erneut über die Hecke und übergibt sich. Der Vater verdreht die Augen und sieht zu seiner Frau. Dann ist Anna fertig mit erbrechen. Der Vater greift sie an ihrem Arm und zieht sie Richtung Haustür.

Vater: (energisch)
> So, und jetzt kommst du mit, junge Dame!

Freund:
> He, Alter!

Er zieht eine Eisenstange aus seiner Jackeninnentasche und geht flotten Schrittes auf den Vater zu.

Vater:
> Was?

Freund:
> Du lässt sofort meine Schnalle los!

Ingo:
> He! Du lässt gefälligst meinen Vater in Ruhe, du Punk!

Mutter:
> Ingo!

Freund:
> Sag deinem kleinen Bastard, dass er die Klappe halten soll, oder ich mach ihn platt!

Vater:
> Wie reden Sie denn mit meiner Frau?

Freund:
> Hast du irgendein Problem, Alter?

Er hält dem Vater die Eisenstange ans Kinn.

Vater: (kleinlaut)
> I ... ist ja gut. G ... ganz ruhig. Dann wird sich schon alles klären.

Freund: (drohend)
> Du lässt meine Schnalle in Ruhe! Hast du das verstanden, Alter?

Vater: (kleinlaut)
> I ... ist gut. Kein Problem.

Die Mutter nimmt Anna in ihre Arme und führt sie und Ingo ins Haus.

Freund:
> Wenn Anna sich noch einmal bei mir über dich beschwert, komme ich wieder und mach dich einen Kopf kürzer! Hast du das verstanden, Alter?

Vater: (zögerlich)
> Ja!

Freund:
> Na dann sind wir ja klar!

Der Freund geht zu seinem Motorrad und fährt weg. Der Vater sieht ihm kopfschüttelnd hinterher, reibt sich das Kinn und geht dann ebenfalls auf die Haustür zu.

2. Einkaufsstraße/Fußgängerzone. Tag.

1 Tag später:

Mutter und Vater gehen an einem Schaufenster vorbei und sehen hinein.

Mutter:
> Sieh mal. Diese Schuhe wollte ich schon seit einem halben Jahr haben!

Vater:
> Welche?

Mutter:
> Die Roten für 119 Mark. Die haben früher 369 Mark gekostet.

Vater:
> Die würden gut zu deinem hellbraunen Abendkleid passen!

Mutter rümpft die Nase.

Vater:
> Was?

Mutter: (sieht sich um)
> Wo ist denn Ingo?

Ingo steht auf der anderen Straßenseite, vor einem Spielwarengeschäft.

Freund: (laut)
> He, Alter!

Vater: (erschrocken)
> Oh, nein!

Mutter: (ängstlich)
> Was wollen die denn?

Die Gruppe besteht aus acht Männern, die alle schwarze Lederkleidung tragen und entweder eine Eisenstange, einen Baseballschläger oder eine Eisenkette in ihren Händen halten. Des weiteren haben vier von ihnen eine etwa halbvolle Whiskeyflasche in der anderen Hand und einer hat einen Joint im Mund.

Freund: (laut)
> Hast du meiner Schnalle Hausarrest gegeben?

Er rempelt den Vater an.

Vater: (angewidert)
> Sie sind ja völlig betrunken. Was sind Sie bloß für ein Mensch?

Freund:(provozierend)
> Was sind Sie bloß für ein Mensch!? Bab, bab, bab, bab. Hört euch den alten Sack an! Sie sind ja völlig betrunken, bla, bla, bla!

Vater:
> Ich werde meiner Tochter jedenfalls nicht mehr erlauben Sie zu treffen, junger Mann!

Freund: (laut)
    Waaaas?

Er schlägt mit seinem Baseballschläger die Schaufensterscheibe des Schuhgeschäftes ein und nimmt einen großen Schluck aus der Whiskeyflasche. Vater und Mutter zucken zusammen.

Vater:
    Komm, Liebling. Wir gehen.
Freund:
    Ich glaube, dass da jemand eine kleine Lektion braucht - Jungs!

Die acht Männer kreisen die beiden ein.

Vater: (ängstlich)
    Was soll das?
Freund:
    Geben wir Ihnen eine Abreibung!

Die Acht beginnen auf die beiden einzuschlagen. Sie versuchen sich gegen die Angreifer zu schützen, indem sie sich auf den Boden knien, zusammenrollen und laut um Hilfe schreien.
Ingo dreht sich nun um, und sieht was passiert. Schnell geht er zum Tatort. Es kommen einige Schaulustige dazu. Nun würgt einer der Männer die Mutter mit einer Eisenkette.

Ingo: (schreit)
    Heee!

Ingo sieht sich hektisch um, und versucht die Schaulustigen dazu zu animieren, seinen Eltern zu helfen. Als das nicht klappt, versucht er selbst aktiv zu werden.
Ingo: (laut)
    Lasst meine Eltern in Ruhe!

Ingo tritt und boxt einige der Männer.

30-jähriger Schaulustiger:
    Also, dieser Kleine da ist auch voll mit dabei!

40-jähriger Schaulustiger:
> Ja, schlimm! Diese gewaltbereiten Assis werden von Tag zu Tag jünger! Mit sechs fangen sie an zu rauchen, mit zehn gibt es die ersten Straßenschlachten und mit zwölf fangen sie an Lehrerinnen zu vergewaltigen und Drogenpartys zu feiern!

60-jährige Schaulustige:
> Ja, da haben Sie recht! Der 11-jährige Sohn meiner Tochter hat mir letzte Woche 50 Mark aus meinem Geldbeutel gestohlen!

40-jähriger Schaulustiger:
> Jaja, die Jugend von heute. Es ist immer dasselbe!

Alle Umstehenden nicken bestätigend. Nun schlagen sieben Männer mit ihren Waffen gegen die Köpfe und Körper ihrer Opfer. Der Achte hebt Ingo an und wirft ihn beiseite. Dann schließt er sich seinen Kumpels an. Ingo steht sofort wieder auf und marschiert zu den Schaulustigen.

Ingo: (laut)
> Wieso steht ihr nur da? Helft meinen Eltern doch! Wieso tut ihr denn nichts?

Freund:
> So Jungs, ich glaube die haben genug! Gehen wir.

Im Vorbeigehen treten die Acht ihren blutüberströmten, bewusstlosen Opfern noch einmal in den Magen. Ingo sieht ihnen schockiert hinterher. Dann beugt er sich über seine Eltern und beginnt zu weinen. Er streichelt seiner Mutter über den Kopf. Die Schaulustigen beugen sich über die Familie. Dann dreht sich Ingo um:

Ingo: (laut, weinend)
> Was seit ihr nur für Menschen? Wieso habt ihr meinen Eltern denn nicht geholfen? Ihr seit Arschlöscher!

Er steht auf und stellt sich gegen die Schaulustigen.

> Was würdet ihr denn wollen, wenn man das mit euch macht? Sollen die Anderen dann auch nur herumstehen und gaffen? Ihr seit das Letzte!

Alle! Man sollte euch alle ebenso
zusammenschlagen! Euch alle! Man sollte euch
den Hals abschneiden!

Nun treffen die Sanitäter und die Polizei ein.

Polizist:
So, alle die hier nichts zu suchen haben räumen
jetzt den Platz.

*Fünf Polizisten drücken die Schaulustigen zur Seite. Drei
Sanitäter beugen sich über die Eltern und beginnen damit
sie zu reanimieren, da sie bei beiden einen Herzstillstand
festgestellt haben.*

Ingo: (verstört, weinend)
Wie geht es meinen Eltern?
Polizist:
Komm mit, Junge! Wir gehen da rüber.

30-jähriger Schaulustiger:
(*sieht mit den anderen beiden Schaulustigen dem Jungen
hinterher*)
So ein asozialer Punk!

40-jähriger Schaulustiger: (bestätigendes nicken)
Mit dem werden die Grünen noch viel Spaß
haben!

3. 1997 – 2005.

Die Reanimierung der Eltern misslingt.
Ingo kommt in ein Waisenhaus, wo es ihm schlecht ergeht.

*Juli 1998: Einer der Betreuer besucht Ingo in einigen
Nächten, greift unter der Bettdecke zwischen seine Beine
und vergnügt sich.*

*Januar 1999: Drei Betreuer feiern mit viel Whiskey ins
neue Jahr, gehen dann zu Ingo und vergnügen sich mit
ihm, was von hier an regelmäßig passiert.*

April 2000: Einer der Betreuer erhält 500 Mark von einem etwa 50 Jahre alten Mann, der dann Ingos Zimmer betritt. Der Betreuer hält davor Wache.
September 2000: Ingo und einige andere Waisenkinder stehen im Waschraum und werden von einem Betreuer mit einem Wasserschlauch abgespritzt.

Mai 2002: Die drei Betreuer werden von der Polizei überwältigt und dann abgeführt.

Februar 2004: Zeitungsschlagzeile: Wegen eines Formfehlers werden Andreas S., Mario B. und Stephan S., die Kinderschänder vom St. Johannes Waisenhaus, frei gesprochen!!

4. St. Johannes Waisenhaus. Büro des Leiters. Tag.

März 2005

Zimmermann:
>So, Herr Schmitt. Sie werden heute 18 Jahre alt und somit ist ihr Aufenthalt in unserem Haus beendet. Ab heute müssen Sie die Verantwortung für Ihr Leben selber tragen. Ich habe hier Ihre Unterlagen zusammen gesucht und ich würde Sie nun bitten, hier zu unterschreiben.

Er reicht Ingo den Ordner und das Blatt mit seinem Entlassungspapier rüber.

>An den Stellen mit den "X" müssen Sie unterschreiben. Wir haben Ihnen einen Termin bei einer Berufsberaterin und bei der Bank Ihrer Eltern gemacht, um Ihnen eine schnellere Eingliederung in die Gesellschaft zu ermöglichen.

Ingo:
>Hier soll ich unterschreiben?

Er dreht das Blatt so, dass Zimmermann es lesen kann.
Zimmermann
>Oh nein!
>*(lacht kurz)*
>Da ist mir ein kleiner Fehler passiert.
>(lacht wieder kurz)

Ingo: (ernst)
> So wie bei der Einstellung des einen oder anderen Betreuers?

Zimmermann schweigt schockiert.

Ingo:
> Ist schon gut. Jeder macht mal einen Fehler.

Zimmermann: (kleinlaut)
> Sie müssen eine Zeile untendrunter ... untendrunter unterschreiben. Bitte.

Ingo: (ernst)
> War es das dann?

Zimmermann:
> Nicht ganz, Herr Schmitt! Unser Doktor Brüller möchte sich noch kurz mit Ihnen unterhalten.

(In die Sprechanlage auf dem Schreibtisch)
> Fräulein Brüller! Sie können Doktor Brüller nun hereinbitten.

Frl. Brüller: (durch Sprechanlage)
> Der Doktor kommt sofort. - - Kannst du ihn bitte Fragen, ob ich morgen eine Stunde früher gehen könnte, Papa?

(Zimmermann schüttelt verzweifelt mit dem Kopf.)

Ingo:
> Was ist denn nun mit der Wohnung, die Sie für mich organisieren wollten?

Zimmermann:
> Ach so, ja! Hier haben Sie die Adresse. Der Hauswirt heißt Blume. Er wohnt auch in dem Haus. Sie müssen nur bei ihm klingeln ...

Ingo: (ernst)
> Danke!

(Der Doktor betritt das Büro.)

Dr. Brüller:
> Guten Morgen, Herr Zimmermann! Herr Schmitt!

Ingo:
> Guten morgen, Doc!

Zimmermann:
> Guten morgen, Doktor Brüller!

Dr. Brüller:
> Na, wie geht es uns denn heute, Herr Schmitt? Alles fit? Freuen Sie sich schon auf Ihre Freiheit?

Ingo:
> Es kann ja nur besser werden!

Dr. Brüller:
(schlägt Ingo auf die rechte Schulter)
> So ist es recht, Junge! Immer mit einer großen Portion Optimismus nach vorne sehen! Das ist richtig so!

Zimmermann:
> Könnten Sie jetzt bitte zur Sache kommen, Herr Doktor!

Dr. Brüller:
> Ja, ja! Also, Herr Schmitt! Hier haben Sie drei Packungen Ihres Medikamentes und ein Rezept für eine weitere. Des weiteren gebe ich Ihnen hier eine Überweisung an einen Spezialisten in der Stadt, den Sie bitte noch heute aufsuchen, damit er Ihre Behandlung weiter fortsetzen kann. Und vergessen Sie nicht, die Medikamente zu nehmen. Sie helfen Ihnen dabei, Ihre Psychosen besser kontrollieren zu können. Sie wissen ja, was sonst passiert!?

Zimmermann:
> Haben Sie das alles verstanden, Herr Schmitt?

Ingo: (böser Blick, ernst)
> Jawohl, HERR ZIMMERMANN!

Dr. Brüller:
> Ich spüre viele negative Spannungen in diesem Raum!

Die beiden Anderen sehen den Doktor böse an. Dieser dreht sich um und verlässt den Raum.

Zimmermann:
> Also, Herr Schmitt! Viel Glück für die Zukunft! Und wenn Sie irgendwelche Probleme haben sollten, scheuen Sie sich nicht, mich hier aufzusuchen!

Ingo:
(nimmt seine Unterlagen und geht zur Tür; er dreht sich noch einmal um)
        Kinderficker!

Ingo schließ die Tür hinter sich und verlässt das Gebäude. Zimmermann lässt sich in seinen Chefsessel fallen, atmet tief durch und fährt sich mit der Hand durchs Gesicht. Dann beugt er sich vor und drückt den Knopf der Sprechanlage.

Zimmermann:
        Fräulein Brüller! Ist der kleine Sebastian schon im Nachsitzzimmer?
Frl. Brüller:
        Ja, der kleine Sebastian erwartet Sie dort bereits!
Zimmermann:
        Vielen Dank, Fräulein Brüller! Ich bin die nächste Stunde für niemanden zu sprechen!
Frl. Brüller:
        Verstanden, Herr Zimmermann!

Zimmermann steht auf, zieht seine Hose hoch und nimmt ein Kondom aus der rechten Schublade seines Schreibtisches. Dann geht er durch die rechte Tür aus dem Büro.

        Guten Morgen, Sebastian! Wie geht es dir denn heute?? ...

Dann schließt er die Tür hinter sich.

5. Vor dem Waisenhaus. Tag.

Ingo geht mit seinem Koffer in der Hand zu einem Zigarettenautomaten, der sich etwa zehn Meter neben dem Eingang des Waisenhauses befindet. Er zieht sich eine Packung Zigaretten, öffnet diese und sieht auf die Uhr. Es ist 10.25 Uhr.

6. U-Bahn Station. Tag.

Es ist 11.32 Uhr, als Ingo in die U-Bahn steigt. Er knüllt die mittlerweile leere Zigarettenpackung zusammen und wirft sie auf den Bahnsteig.

7. U-Bahn. Innen. Tag.

Ingo setzt sich auf einen freien Platz in der überfüllten Bahn und betrachtet sich die anderen Fahrgäste. Dann nimmt er seinen Stadtplan aus dem Koffer, nimmt die Zettel mit den einzelnen Adressen, die er bekommen hat, und sucht eine Zeit lang darin herum. Dann hält die Bahn erneut und ein ca. 25-jähriger Mann mit schwarzer Lederkleidung, einer Flasche Schnaps in der einen und einer um die Hand gebundenen Eisenkette an der anderen Hand, setzt sich Ingo gegenüber. Er betrachtet den neuen Fahrgast. Da spiegelt sich das tragische Schicksal seiner Eltern, vor seinem geistigen Auge, wieder.

Als Ingo wieder zu sich kommt, schreit er ganz laut. Der neue Fahrgast ist inzwischen nicht mehr da und die anderen Fahrgäste gaffen Ingo an. Dieser sieht nun hektisch aus dem Fenster. Er sieht, dass er an seiner Station angekommen ist und verlässt die Bahn.

8. U-Bahn-Station. Tag.

Ingo läuft zur Rolltreppe und rennt die Stufen hinauf, wobei er andere Leute zur Seite stößt.

9. Auf dem Bürgersteig neben der Rolltreppe. Tag.

Ingo atmet tief durch, öffnet seinen Koffer und nimmt eine Packung seiner Medikamente heraus und schluckt zwei Pillen. Sein Gesicht ist schweiß überströmt.
Währenddessen sagt er die ganze Zeit "Ich muss vergessen, ich muss es vergessen!" leise zu sich selbst. Er atmet tief durch und geht dann weiter.
Nach einer Weile läuft eine sehr attraktive, blonde Frau mit sehr figurbetonter Kleidung an Ingo vorbei.
Er betrachtet sie und sie dreht sich einmal nach ihm um, während sie weitergeht. Dann steigt ein Chauffeur aus einer Oberklasselimousine, öffnet der Frau die hintere Tür, sie steigt ein und die beiden fahren an Ingo vorbei. Die Frau sieht ihn aus dem Wagen heraus noch mal an.
Ingo lächelt. Sie lächelt zurück.

10. Arbeitsamt. Innen. Büro. Tag.

Ingo:
(Klopft an einer geöffneten Tür)
    Guten Tag! Mein Name ist Ingo Schmitt. Ich suche das Büro von Frau Leibrock.
Becker:
    Haben Sie den 12 Uhr Termin?
Ingo:
    Ja!
Becker:
    Dann setzen Sie sich bitte hier auf den Stuhl. Die Kollegin ist heute nicht im Haus. Ich werde mich um Sie kümmern. Mein Name ist Peter Becker, guten Tag!

(Ingo setzt sich und Becker sucht die entsprechenden Unterlagen.)

    Wie war Ihr Name noch mal?
Ingo:
    Schmitt, Ingo Schmitt! Mit zwei T`s.
Becker:
(sucht)
    Ah, ja! Hier haben wir Sie ja.
(liest)
    Aha! Sie haben also in diesem Jahr ihr Abitur gemacht. Sogar mit einem Notenschnitt von 1. Was würden Sie denn gerne beruflich machen?
Ingo:
    Also, ich hatte eigentlich vor Germanistik und Geschichte zu studieren.
Becker:
    Ich lese hier gerade, dass Sie in psychiatrischer Behandlung sind ...
Ingo:
    Ich war! Ich war in psychologischer Behandlung. Jetzt nehme ich nur noch Medikamente.
Becker:
    Aha!
(kramt in der Akte)
    Haben Sie ein Bestätigungsformular, dass Sie als geheilt ausweist?
Ingo:
    Moment.

Becker:
> *(kramt in seiner Akte vom Waisenhaus)*
> Hier!

Danke! So dann wollen wir mal sehen.
(liest)
Na, das scheint ja alles so weit in Ordnung zu sein. Ich gebe Ihnen hier nun die Unterlagen der ZVS, der Zentralen Vergabestelle für Studienplätze in Deutschland. Sie müssen dieses Formular ausfüllen und dann nach Dortmund schicken. Sie erhalten dann Anfang September eine Antwort, in der man Ihnen mitteilt, wo Sie welchen Studiengang bekommen haben. Aber bei Ihren Noten mache ich mir da gar keine Sorgen, dass man Sie NICHT an der Universität Ihrer Wahl annimmt.

Ingo
> Okay! Vielen Dank!
> *(hält Becker die Hand hin)*

Becker:
> Moment, junger Mann! So schnell geht es ja nun auch wieder nicht. Wir sind von Herrn Zimmermann angewiesen worden, Ihnen einen Job zu vermitteln. Da wir aber nicht wussten, dass Sie studieren gehen wollen, haben wir Ihnen nur Vollzeittätigkeiten herausgesucht. Ich gehe aber mal davon aus, dass Sie im Moment kein Interesse an einem Vollzeitjob haben, und dass Sie wohl niemand für fünf Monate, für einen solchen Arbeitsplatz einstellen beziehungsweise einarbeiten wird.

Ingo:
> Nun es ist so, dass ich noch einen fünfstelligen Betrag auf meinem Konto habe, den meine Eltern für mich angelegt hatten, sodass ich zurzeit eigentlich ohne finanzielle Unterstützung vom Staat zurechtkommen würde.

Becker: *(grübelt)*
> Trotzdem möchte ich Sie hier nicht mit leeren Händen rausgehen lassen. Ich habe hier zwei Teilzeitjobgesuche. Eine Videothek am Stadtrand und ein Getränkeshop in der Innenstadt suchen Halbtagskräfte. Vielleicht könnten Sie sich dort mal vorstellen.

Er überreicht ihm einen Ausdruck mit den Adressen und dem Anforderungsprofil)

Ingo:
    (liest)
    Ich werde mir die Sache mal ansehen. Geld kann man ja eh nie genug haben.

Becker:
    So ist es, Herr ... äh ...

Ingo:
    Schmitt!

Becker:
    Herr Schmitt!

Ingo:
    Sind wir dann fertig? Ich muss mir noch meine Wohnung ansehen und meiner Bank einen Besuch abstatten.

Becker:
    Ja, das war es für den Anfang, Herr Schmitt! Wenn Sie noch Fragen oder Probleme haben, können Sie mich jederzeit unter dieser Nummer erreichen.
    (Er gibt ihm seine Visitenkarte)

Ingo:
    Alles klar! Werde ich machen! Aufwiedersehen und vielen Dank für die Hilfe!

Becker:
    Aufwiedersehen! Und viel Glück auf Ihrem weiteren Lebensweg!

Sie geben sich die Hände und dann verlässt Ingo das Büro.

11. Bank. Schalterhalle. Tag.

Ingo:
    Guten Tag, mein Name ist Ingo Schmitt. Ich habe hier einen ... äh ... Antrag auf die Auszahlung von 30.000 Euro von meinem Sparbuch.

Bankangestellte:
    Moment, bitte!

Die Frau nimmt den Zettel und geht zu einem Kollegen, der neben dem Schalter an einem Schreibtisch sitzt. Ingo sieht sich derweil im Schalterraum um. Er erblickt eine Mutter, die ihr Kind schlägt, nachdem ihm eine Eiswaffel auf den Boden gefallen ist. Ingo sieht das Bild seiner bewusstlosen Mutter vor sich.

Bankangestellte:
    Hallo!? - - Hallo, Herr Schmitt!?

(Ingo schwitzt stark)

Ingo: (verwirrt)
    Ja!? Was?
Bankangestellte:
    Hier – Ihr Geld!
Ingo: (verwirrt)
    Ja? Ach so! Danke! Aufwiedersehen!
Bankangestellte:
    Wiedersehen! Schönen Tag noch!

(Ingo verlässt die Bank.)

12. Vor der Bank. Tag.

Ingo geht zu einem Zigarettenautomaten, zieht sich eine Packung Zigaretten, öffnet sie und holt sich eine Fluppe. Dann nimmt er seinen Stadtplan heraus und sucht die Straße, in der er sich wegen der Wohnung melden muss. Er sieht auf die Uhr: 13.27 Uhr. Dann marschiert er los.

13. Haus des neuen Vermieters. Erdgeschoss. Hausflur. Tag.

Ingo sieht auf die Uhr: 14.44 Uhr. Er nimmt die letzten beiden Zigaretten aus der Schachtel, steckt diese nun in einen der Briefkästen, die sich an der Wand befinden, und lässt die beiden Glimmstängel in der Innentasche seiner Jacke verschwinden. Dann klingelt er bei Herrn Blume. Dieser öffnet die Haustür.

Ingo:
    Guten Tag! Mein Name ist Ingo Schmitt!
Blume:
    Ah ja! Moment, ich hole nur gerade den Schlüssel für die Wohnung, junger Mann.

Ingo:
    Ist in Ordnung!

14. Haus des neuen Vermieters. Treppenhaus Erdgeschoss bis 2. Stock. Tag.

Blume:
    Folgen Sie mir bitte, junger Mann. Haben Sie Haustiere? Die sind hier nämlich nicht erlaubt.

Ingo:
    Nein, ich habe keine Haustiere.

Blume:
    Kinder?

Ingo:
    Auch nicht.

Blume:
(Beide bleiben stehen)
    Hören Sie oft laute Musik? Das mögen wir hier in diesem Haus nämlich gar nicht. Des weiteren mögen wir hier keine Partys nach 22 Uhr und auch keine Krawallmacher, die die Anwohner belästigen.

Ingo: (genervt)
    Hören Sie zu, guter Mann! Ich habe die letzten acht Jahre in einem Waisenhaus verbracht. Ich kenne in dieser Stadt niemanden!

Blume: (aggressiv)
    Junger Mann! Das sind die Regeln, die in diesem Hause herrschen! Diese Regeln gelten für ALLE Bewohner dieses Hauses! Haben Sie mich verstanden, junger Mann?

Ingo:
    Jawohl!

(Er salutiert)

Blume: (verärgert)
    Ich kann Sie jetzt schon nicht mehr leiden!

(Er dreht sich um und geht weiter)

15. Haus des neuen Vermieters. Die neue Wohnung. Tag.

(Blume sperrt die Wohnungstür auf und beide betreten dieselbe.)

Blume:
> So, das ist sie also!

Ingo schließt die Tür und bleibt neben einem etwa 1,5 Meter hohen Board stehen, das sich direkt neben dem Eingang befindet. Er stützt sich mit seinem rechten Arm darauf ab.

Blume:
> Die Wohnung wurde nach dem Auszug des letzten Mieters neu renoviert. Und ich würde es sehr begrüßen, wenn ich dass die nächsten zehn Jahre nicht mehr machen müsste. Außerdem war der letzte Mieter so ein asozialer, arbeitsloser Säufer, der seine Frau und Kinder geschlagen hat. Jeden zweiten Tag hatten wir Ärger mit dem - und die Polizei im Haus. Ich möchte Sie nur warnen! Machen Sie mir keinen Ärger!

Ingo hat nun wieder die Erinnerungen an den Mord seiner Eltern vor den Augen. Als er wieder zu sich kommt, schreit er laut und zerschlägt mit seiner rechten Faust eine Vase, die auf dem Board steht.

Blume:
(greift Ingo am Schlafittchen; laut)

> Raus hier! Aber ganz schnell! Ich wusste doch, dass Leute wie du immer nur Ärger bedeuten!

(Er öffnet die Tür und schubst ihn in den Hausflur)

> Asoziales Pack! Los raus! Mach, dass du wegkommst, bevor ich die Polizei rufe!

Ingo richtet sich seine Kleider, nimmt seinen Koffer und verschwindet.

16. Internetcafé. Innen. Tag.

Ingo betritt das Internetcafé, setzt sich an einen freien Computer und nimmt eine von sechs Zigaretten aus seiner Zigarettenschachtel. Er sieht auf die Uhr des PCs: 16.35 Uhr. Ingo geht auf eine Chatseite. Er loggt sich als "Dark_M23" ein.

Der folgende Dialog ist der Chat.

Hateall20:
    Hi Dark_M23
Ingo:
    Hi! Was gibt es?
Hateall20:
    Was ist denn so "Dark" an dir?
Ingo:
    Hab die Schnauze voll. Hab grad meine Wohnung verloren.

Ein zweites Fenster öffnet sich.

Violence_M19:
    Hi Dark_M23.
Hateall20:
    Wüsste wo du wohnen könntest. Hast du Kohle?
Ingo:
(zu Hateall20)
    Ja, hab ich.
(zu Violence_M19)

    Hallo Violence. Bist du ein Skin?
Hateall20:
    Bist du arbeitslos? Wie bist du so drauf?
Violence_M19:
    Nö. Ich mach nur gern Party und lass meinem Wesen gerne freien Lauf.
Ingo:
(zu Violence_M19)
    Was?
(zu Hateall20)
    Können wir uns gleich treffen?
Violence_M19:
    Sorry. Bin total drauf.
Hateall20:
    Wo?
Ingo:
(zu Hateall20)
    Im großen Park. In einer Stunde?
Hateall20:
    Okay. Werde da sein.

Ingo:
(zu Violence_M19)
> Komm in einer Stunde in den großen Park.

Violence_M19:
> Hast du Stoff?

Ingo:
(zu Violence_M19)
> Ich hab Alk.

Violence_M19:
> Werde ein paar Freunde mitbringen.

Ingo steht auf, bezahlt seine Gebühren und verlässt das Internetcafé.

17. Großer Park. Abend.

Ingo sitzt auf einer Parkbank und raucht eine Zigarette, als sechs Jugendliche zu ihm stoßen. Alle sind einen guten Kopf kleiner als Ingo, ungepflegt, tragen zerrissene Kleidung und rauchen. Einer der jungen Männer hat zirka 40 Kilo Übergewicht (→ Blümchen).

Slide:
> Bist du Dark_M23?

Ingo:
> Und du bist?

Slide:
> Violence_M19. Im richtigen Leben Slide. Und das sind meine Kumpels:

(Die beiden klatschen sich ab)
> Basti,

(Basti und Ingo klatschen ab)

> Johnny W *(englisch ausgesprochen)*,

(Johnny und Ingo klatschen ab)

> Monkey,

(Monkey und Ingo klatschen ab)
> und Blümchen

(Blümchen und Ingo klatschen ab)

Ingo: (zu Slide)
> Blümchen! Der Kerl da heißt Blümchen?
> Warum?

Slide:
> Weil er so gut riecht!

Blümchen lässt einen fahren.

Ingo:
    Verstehe!
(zu Stonehead)

    Und wer bist du?
Stonehead:
    Ich bin Hateall20. Aber meine Kumpel nennen mich Stonehead!
Ingo:
    Okay! Ich bin Ingo. Du sagtest, dass du mir eine Wohnung besorgen könntest?
Stonehead:
    Das kostet aber!
Ingo
    Wie viel?
Stonehead:
    Wie viel hast du denn?
Ingo:
    Seh ich echt so blöd aus?

Stonehead:
(zieht ein Messer; ernst)

    Hier wird nur nach meinen Regeln gespielt, okay?

Stonehead hält Ingo Messer ans Kinn.

Ingo bekommt eine Halluzination. Er sieht den Jugendlichen, der ihn während der Ermordung seiner Eltern weggetragen hat, vor sich. Im Gegensatz zu damals lässt er sich allerdings nicht wegtragen. Er löst sich aus der Umklammerung dreht sich zu dem übermächtigen Gegner um, und tritt ihm mit ganzer Kraft zwischen die Beine. Als der Mann niedersinkt, tritt er ihm in den Magen und dieser krümmt sich vor Schmerz nach vorne. Nun tritt Ingo dem Mann ins Gesicht, sodass dieser nun nach hinten auf den Rücken fällt. Jetzt springt er auf den Bauch des Jugendlichen. Ingo steht auf dem Rumpf und jubelt über seinen Erfolg. Nun kommt Ingo wieder zu sich. Er steht auf Stoneheads Bauch. Er sieht zu den Umstehenden.

Monkey:
(zu Slide)

>Was geht denn mit dem ab?

Slide:

>Man! Was hast du dir denn reingepfiffen?

Blümchen:

>Booaaar ey!

Monkey:

>Man geht der ab!

Johnny W:

>Der ist der Hammer!

Ingo steigt von Stonehead herunter, reicht ihm seine Hand und hilft ihm auf die Beine. Stonehead hat Probleme aufrecht zu stehen.

Ingo:

>Also! Wo ist die Wohnung?

Stonehead:
(blutend, benommen)

>Im alten Gewerbegiet, am Stadtrand.

Ingo:

>Dann gehen wir uns das mal ansehen! Slide! Du und deine Kumpels kommen auch mit. Wir machen da eine riesen Party!

Slide:

>Und wo sind da die Weiber?

Ingo:

>Wir werden schon welche auftreiben.

Slide:

>Johnny W, wie groß ist unser Vorrat an Flüssigkeiten?

Johnny W:

>Acht Flaschen!

Slide:

>Wir brauchen noch Nachschub! Ingo, du bist hier doch der Mann mit der Kohle, oder?

Ingo:

>Wieviel brauchen wir denn?

Slide:

>Johnny W!

Johnny W:

>30 Euro!

Slide:

>30 Euro!

Ingo:
> Kein Problem. Machen wir uns auf den Weg.

Ingo und Slide gehen vor; Blümchen und Monkey stützen Stonehead.

Monkey:
> Tja, Alter! Man trifft im Leben immer einen, der mehr drauf hat, als man selbst!

Stonehead ist immer noch sehr wackelig auf seinen Beinen.

Blümchen:
> He, Johnny W! Gib mal ne Pulle rüber. Unser Freund hier braucht einen kleinen Muntermacher.

Johnny W:
(nimmt eine Flasche aus seinem Rucksack und wirft sie zu Blümchen)
> Hier!

Blümchen steckt Stonehead die Flasche Whiskey in den Mund und gibt ihm einen großen Schluck zu trinken. Dann nimmt sich Blümchen ca. 300 ml des Getränkes und Monkey trinkt den Rest leer. Dann rülpsen Blümchen und Monkey zusammen, laut und gleich lange. Dann bejubeln sie sich gegenseitig.

18. Tankstelle. Innen. Nacht.

Die komplette Truppe betritt den Verkaufsraum. Außer dem Kassierer hinter der Theke ist niemand da.

Ingo:
> Guten Abend! Wir bräuchten acht Flaschen Johnny Walker.

Verkäufer:
> Wie viele stehen denn hinten im Regal?

Monkey geht nachsehen.

Verkäufer:
> Wenn nicht genügend da sein sollten, kann ich noch welche hinten aus dem Lager holen.

Monkey:
>Hier sind nur fünf Flaschen!
Verkäufer:
>Moment. Ich geh kurz nach hinten, die drei fehlenden Butteln holen.

Als der Verkäufer verschwindet, stecken alle außer Ingo alles ein, was sie in die Finger bekommen.

Verkäufer:
>So, da bin ich wieder. Acht Flaschen Whiskey, dass macht dann ...

(murmelt etwas)

>120 Euro!

Ingo:
>Hier, bitte!

Verkäufer:
>Danke! Schönen Abend noch!

Ingo:
>Danke - gleichfalls!

Die Jungs verlassen den Verkaufsraum.

19. Straßenstrich im alten Gewerbegebiet. Nacht.

Jeder der sieben Jungs hat mittlerweile eine Flasche in der Hand. Alle Flaschen sind noch halb voll.

Janina: (säuselnd)
>Hallo, Süßer!

Ingo:
>Hallo, Spielplatz!

Janina:
>Lust dich etwas auszutoben? An meinen Wippen?

(Sie streckt ihm ihre Brust entgegen)

>Oder möchtest du in meinen Sandkasten?

(Sie greift seinen Arm und führt ihn zwischen ihre Beine)

Ingo:
>Was meint ihr, Jungs? Sollen wir die beiden Play Stations mitnehmen?

Alle grölen bestätigend.

Janina:
>Ihr alle?

Ingo:
>Ja, wir wollen uns einen schönen Abend machen. Mal so richtig die Sau rauslassen. Was würde das denn kosten?

Janina:
>Was meinst du, Sarah?

Sarah:
>Ich weiß nicht, Janina - - 1000!

Janina: (bestimmend)
>Wir wollen 1000!

Ingo:
>1000?

Janina:
>1000, sonst iss nicht!

Ingo:
>Zusammen 1000!?

Janina:
>Nee nee, Jungchen! 1000 pro Nase!

Slide:
>Nu mach schon, Ingo! Das sind doch zwei super ... wie hast du sie genannt?

Ingo:
>Also, ich erklär dir das mal, Slidy! Eine kleine, zierliche Frau ohne Rundungen - so wie die ...

(er zeigt auf Janina)

... ist eine Playstation! Eine normal gebaute Frau wie die da ...

(er zeigt auf Sarah)

... ist ein Spielplatz, eine mit allem Drum und Dran! Und eine fette Tussi, egal ob wabbelig oder Marke Kampfelefant, ist ein Game Cube, verstanden!?

Janina:
>Und du bist ein Arschloch!

Ingo: (lächelnd)
>Aber ein Arschloch mit 2000 Euro!

Die beiden Frauen lächeln.

Janina: (lächelnd)
>Dann wären wir uns ja einig - - Game Boy!

Sarah:
(lächelnd zu Janina)
    Ich freu mich schon auf seinen Game Gear!
Janina:
(Greift Ingo zwischen die Beine, während dieser einen kräftigen Schluck aus der Flasche nimmt.)
    Wollen doch mal sehen was für`n Joystick der Junge hat!
Ingo: (ruft)
    Stonehead!
Stonehead: (betrunken)
    Jepp!
Ingo:
    Wie weit ist noch bis zu der Wohnung?
Stonehead:(betrunken)
    Nach da ... noch ... nun ja es sind noch etwa ... bis dorthin!
Ingo:
    Aha!
Janina:
    Ihr seit ja gut drauf!
Ingo:
    Auch einen Schluck?
Janina:
    Whiskey!? Aber immer doch!
Sarah:
    Haste mal ne Fluppe?
Monkey:
    Hier, sexy Lady!
Sarah:
    Danke, Süßer!
Ingo:
    He! Lass mir noch was drin ... Janina, oder?
Janina:
    Ja! Ich bin Janina und das ist meine Freundin Sarah.
Ingo:
    Wie alt seit ihr?
Janina:
    Ich bin 19!
Sarah:
    Ich wurde letzten Donnerstag 18!
Ingo:
    Na dann wollen wir mal, Jungs!

Slide: (betrunken)
>Möge die Party beginnen!

Alle grölen. Ingo und Slide grapschen etwas an den Frauen herum. Monkey und Blümchen stützen Stonehead.

20. Altes Gewerbegebiet. Nacht.

Alle, auch die beiden Frauen sind merklich angetrunken. Alle haben eine Zigarette im Mund. Die beiden Frauen haben ihre Oberteile an den Bund ihrer Hotpants gesteckt.

Stonehead:
>Hier ist's!

Ingo:
>Hier rein?

Slide küsst Janinas Brüste.

Stonehead:
>Jaaawoll! Im Erdgeschoss!

Ingo:
>Na dann mal nix wie rein in die gute Stube.

Ingo öffnet die Tür zu einem alten Bürogebäude und alle treten ein.

21. Ingos Wohnung. Nacht.

Ingo betritt, gefolgt von den anderen, die Wohnung und schaltet das Licht neben der Tür ein. Sie ist ordentlich aufgeräumt und sehr sauber. Man betritt direkt das Wohnzimmer. Es gibt einen Fernseher, eine große Stoffcouch, einen großen Wohnzimmertisch und vier Stühle.

Ingo:
>Licht haben wir schon mal!

Janina:
>Hier wohnst du?

Ingo:
>Jetzt schon!

Janina
>Weißte, ich kannte den, der hier vorher gewohnt hat! Der war ein Kunde von mir!

Ingo:
>Na, dann kennste ja zumindest schon mal den Weg zu mir, Play Station!

Er küsst Janina.

Ingo:
>Und nun: Lets have a party!

Es ist 21:15 Uhr.

22. Ingos Wohnung. Nacht.

23:15 Uhr.

Alle sind sichtlich betrunken. Ingo, und Slide sitzen sich gegenüber am Tisch und rauchen einen Joint. Es stehen vier leere Whiskey Flaschen auf dem Tisch und fünf leere Chipstüten.
Blümchen, Monkey und Stonehead sitzen auf der Couch. Stonehead schläft. Blümchen, Monkey, Slide und Ingo spielen Poker. Alle Männer tragen nur ihre Unterhosen. Die beiden Frauen sind nackt. Johnny W steht mit dem Rücken an die Haustür gelehnt und Sarah hat seinen Penis im Mund. Janina steht neben Ingo. Sie hat allerdings große Probleme das Gleichgewicht zu halten.

Ingo:
>Ich gehe mit und erhöhe um 5!

Blümchen:
>Das ist zu viel für mein Blatt.

Monkey:
>Ich bin draußen.

Slide:
>Ich gehe mit und ...

(er sucht nach Geld)

>Moment.

(dann legt er einen Joint zu seinem Geld)

>Ist das okay?

Ingo:
>Okay!

(er lässt Janina an seinem Joint ziehen. Sie zieht stark dran und fällt auf den hinter hier sitzenden Stonehead)

>Wie viele Karten brauchst du?

Slide:
    Zwei!
Ingo:
    Und der Geber nimmt eine Karte!
(er betrachtet seine Karten)

Janina wankt zu Slide rüber und stützt sich dort mit ihrem linken Arm auf dem Tisch ab. Im Hintergrund beginnt Johnny W laut zu stöhnen. Blümchen und Monkey gaffen ihn und Sarah an.

Ingo:
    Ich erhöhe um 15 und will sehen! Weißt du, was das Geilste ist, was ich jemals erlebt habe?
Slide:
    Was denn?
Ingo:
    Als ich eben auf Stonehead eingeschlagen habe! Als der auf dem Boden lag, fühlte ich mich großartig! Da bekam ich voll den Steifen!
Monkey:
    Ja, so etwas ist geil!
Janina: (lallt)
    Ich steh` auf Typen, die sich durchsetzen können!
Slide
    Ich würde ja mitgehen, aber ...
Janina: (lallt)
    Du bisst wohl bleite, was?
(kichert)

Slide:
    Ich setzte die Hand dieser Nutte!

Janina: (kichernd)
    Oaaaah!
(lacht)

Ingo :
    Okay! Was hast du?
Slide:
    Drei Buben! Und du?
Ingo:
    Ich habe ein Haus! Und zwar ein Volles!
(grinst)

Janina: (zeigt mit dem Finger auf Slide und lacht)
Du hast verloren!

In diesem Moment spritzt Johnny W`s Sperma in Sarahs Gesicht. Diese lehnt sich nun sitzend gegen die Haustür und schläft ein.

Ingo:
Du schuldest mir ihre Hand!
Janina: (kichernd; winkend)
Das ist sie! Die gehört jetzt dir, mein Game
(rülpst)
... ups ...
(lacht)
... Boy!

Janina stützt sich erneut mit der rechten Hand auf den Tisch, und Monkey haut ihr diese Hand nun in Höhe ihres Handgelenkes, mit einer Axt ab. Kurze Zeit sind alle erstarrt. Janina wird kreidebleich. Monkey wirft die Hand zu Ingo rüber. Janina wird bewusstlos und knallt beim Hinfallen mit der Schläfe auf die Tischplatte. Alle grölen.

Ingo:
Ich hab eine Idee!

Er steht auf und wankt mit der Hand zu Sarah. Er kniet sich vor sie, rüttelt sie auf und steckt ihr den Zeigefinger der abgetrennten Hand in den Mund. Sarah öffnet kurz ihre Augen, greift nach der Hand und beginnt daran zu saugen. Alle grölen. Ingo steht auf. Sarah beginnt zu stöhnen. Nun realisiert sie, dass sie jediglich eine Hand in Händen hält. Sie erschreckt sich, steht auf und wirft die Hand auf den Wohnzimmertisch. Dann sieht sie Janina blutend auf dem Boden liegen. Als sie versucht die Tür zu öffnen, hält Ingo diese zu.

Sarah: (ruft)
Hilfe!
(sie schlägt gegen die Tür)

Ingo: (würgt Sarah)
Halt`s Maul, du dreckige Schlampe!

Ingo bekommt einen Steifen. Sarah beginnt zu röcheln und Ingo drückt solange zu, bis sie erstickt ist.

Johnny W: (verstört)
    I ... ist sie tot?

Ingo: (tritt die am Boden liegende Sarah)
    Würd ich mal so meinen.

Monkey steht auf.

Monkey:
    Ich geh mal kurz pissen!

Man sieht an seiner Unterhose, dass der Urin bereits läuft.
Monkey bekommt das nicht mehr mit und geht weiter
Richtung Toilette. Blümchen steht auf. Ingo zieht noch mal
an seinem Joint.

Blümchen:
    Du hast ja einen Ständer, Alter!
Ingo: (stoned)
    Ich bin total geil!

Blümchen geht zu Ingo, kniet vor ihm runter.
Er öffnet den Reisverschluss an Ingos Hose und er beginnt
zu stöhnen.
Als die anderen Jungs das sehen, wenden sie sich
angeekelt ab.
Monkey betritt das Wohnzimmer wieder.

Monkey: (stoned)
    Ich war schon fertig als ich auf dem Klo
    angekommen bin! So eine Sauerei!
(lacht)
    Du brauchst hier unbedingt eine Frau, die hier
    Ordnung schafft, Alter!
Johnny W:
    Kommt, Jungs! Wir entsorgen die verfickten
    Nutten!
Slide:
    Was schlägst du vor?

Johnny W: (kichert)
    Keine Ahnung!

Johnny W, Slide und Monkey lachen.

Slide:
> Jetzt mal ernsthaft, Jungs! Was machen wir mit den Nutten?

Monkey: (grölend)
> Fiiiiiiiiicken!

Alle lachen.

Slide hebt Janinas Leiche auf und legt sie mit dem Bauch auf den Tisch. Johnny W nimmt Sarahs Leiche und tut es Slide gleich. Sie ziehen ihre Unterhosen runter und stecken ihre Genitalien in die Hintern der toten Frauen.

Slide:
> Wer zuerst kommt, darf sich den letzten Joint reinziehen!

Die beiden beginnen mit den Toten analen Verkehr zu haben. Johnny W, Slide und Ingo stöhnen immer lauter, bis sie nach einer Weile alle gleichzeitig ihren Höhepunkt erleben.

Ingo: (etwas aus der Puste)
> Jungs! Ihr seit die Geilsten! Ich hau mich jetzt aufs Ohr! Ordnung machen wir morgen!

Ingo geht an den Jungs vorbei und verlässt das Wohnzimmer.

Slide:
> Ja, kommt Männer! Wir verduften! Monkey! Nimm den da ...

(er zeigt auf Stonehead)

> ... auch noch mit!

Monkey und Blümchen stützen Stonehead wieder ab. Johnny W öffnet die Haustür dann bleibt er stehen.

Johnny W:
> Wo ist eigentlich Basti?

Slide:
> Wer?

Johnny W:
> Basti!

Alle sehen sich um.

Slide:
> Oh, der taucht schon wieder auf! Abmarsch!

Sie verlassen die Wohnung und schließen die Haustür. Die beiden Leichen bleiben zurück. Aus den Pos der Toten läuft nun das Sperma der beiden Männer und noch etwas anderes heraus.

23. Ingos Wohnung. Schlafzimmer. Nacht.

Ingo lässt sich in sein Bett fallen. Er schaltet das Licht der Nachttischlampe aus. Kurz darauf schaltet er das Licht wieder ein und greift nach den Tabletten, die ihm Dr. Brüller am Morgen, gegen seine Halluzinationen, gegeben hatte. Kurz bevor er sie in den Mund steckt, bekommt folgende Halluzination:

24. Einkaufstraße/Fußgängerzone. Tag.

(Selbes Szenenbild wie in Szene 3.)

40-jähriger Schaulustiger: (den 10-jährigen Ingo knuffend)
> Was willst du denn, du kleiner Assi? Mach`, dass du nach Hause kommst! Leute wie du bedeuten nur Ärger! Du bist Schuld, dass deine Eltern jetzt tot sind! Du bist das Schuld! Es ist deine Schuld!

Alle Schaulustigen: (rufend und mit dem Finger auf ihn zeigend)
> Du bist Schuld! Du bist Schuld! Du bist Schuld! Du bist Schuld!

Ingo greift ein am Boden liegendes Kabel und wickelt es dem 40-jährigen Schaulustigen um den Hals und drückt zu. Der Mann fällt auf den Rücken und Ingo steigt auf seinen Bauch. Ingo zieht weiter an beiden Enden des Kabels, bis der Mann tot ist. Während dessen rufen die Passanten weiter. Als der Mann verstorben ist, steht Ingo auf und stellt sich vor die Schaulustigen.

Ingo: (wütend)
> Das hat der jetzt davon! Man sollte euch alle töten! Man sollte euch alle töten!

25. Ingos Wohnung. Schlafzimmer. Nacht.

Ingo kommt wieder zu sich. Vor ihm liegt Basti, den er gerade mit dem Stromkabel der Nachttischlampe erwürgt hat. Die einzige Lichtquelle ist der Strahl einer Laterne, der durch das Fenster genau auf Basti scheint.

Ingo: (greift nach den Tabletten; zu sich selbst)
    Vergessen! Von wegen!

Wütend wirft Ingo die Tabletten ins Wohnzimmer, dann sinkt er auf seine Knie, vor Basti, hält sich die Hände vors Gesicht und beginnt zu weinen. Nach einer Zeit geht das Weinen in lautes, unkontrolliertes Lachen über.

26. Annas Haus. Oben. Schlafzimmer. Nacht.

Anna und Stefan liegen im Bett und haben Sex. Dann legen sie sich nebeneinander, atmen kurz durch und dann dreht sich Stefan zu Anna rüber.
Links und rechts neben dem Bett leuchten die beiden Nachttischlampen.

Stefan:
    Du, Liebling!
Anna:
    Ja, Schatz?
Stefan:
    Heute ist doch der 18. Geburtstag deines Bruders, oder?
Anna:
    Ja! Warum?
Stefan:
    Na ja, ich würde ihn gerne kennen lernen. Und da er ja heute aus dem Waisenhaus entlassen wurde und jetzt ein selbständiger, junger Mann ist, der seinen Platz in der Gesellschaft finden muss, habe ich mir gedacht, dass wir ihn vielleicht etwas unterstützen sollten, damit er nicht in die falschen Kreise gerät!

Anna: (wütend)
    Ich glaub es hackt! Ingo ist völlig durchgedreht!

Stefan:
    Ist das verwunderlich? Er musste zusehen, wie
man seine Eltern ermordet hat!
Anna:
    Das musste ich auch sehen! Und hat es mir
geschadet? Jeder kratzt irgendwann ab! Damit
muss man fertig werden. Man kann doch nicht
immer ausrasten, wenn jemand stirbt, den man
kannte! Dann würde doch die ganze Welt aus
Psychopathen bestehen!
Stefan:
    Nun ja, aber es waren trotzdem seine Eltern, die
da umgekommen sind. Außerdem glaube ich,
dass du auch unglücklich wärst, wenn jemand
einen Menschen töten würde, den du liebst!
Anna: (dreht sich zu ihrem Mann um)
    Wen denn zum Beispiel?
Stefan:
    Mich!?
Anna: (ernst)
    Wär mir egal!
Stefan: (erschrocken)
    Was?
Anna: (trocken)
    Ich liebe dich nicht! Ich habe dich nur wegen
deines Geldes geheiratet!

Eine Zeit lang sehen sich die beiden an. Anna kuckt ernst, Stefan ist fassungslos. Dann beginnt Anna laut zu lachen.

Anna: (laut lachend)
    Du Pflaume!
Stefan:
    Oooooh! Du.
(er begrapscht sie unter der Bettdecke)
    Du Biest!

27. Ingos Wohnung. Morgen.

Zwei Wochen später:

Auf dem Boden in Ingos Wohnung liegen leere, teilweise verschimmelte Lebensmittel. An der Tapete kleben Reste von Erbrochenem und die Toilette ist verstopft. In der Küche türmen sich Töpfe, Pfannen und Teller auf der Spüle, dem Herd und dem Küchentisch.

Im Schlafzimmer steht ein Stück Pappe vor einem Loch im Fenster. Ingo sitzt auf seinem Bett und hat einem Laptop vor sich stehen. Die Digitaluhr, hinter ihm an der Wand, zeigt 9:36 Uhr.
Er raucht einen Joint und hat in einer Hand eine halb volle Flasche Schnaps. Er trägt nur eine blau-weiß-gestreifte Schlafanzughose. Um seinen Hals hängt ein Lederband an dem drei silber angemalte Daumen hängen. Hinter Ingo hängen zwei große „Modern Talking" Poster an der Wand. Der Laptop gibt einen Ton von sich:
„Sie haben eine neue Nachricht."
Ingo öffnet das Fenster.
Hier steht nun: Blume hat sein Haus verlassen. Ziel: Bahnhof. Abfahrt des Zuges 10:51 Uhr. Sehen uns später, Slide.
Ingo steht auf und geht zu seinem Kleiderschrank (gegenüber des Bettes).
Er schaltet den CD Player ein. Es läuft ein „Modern Talking" Lied.
Hier hängt eine schwarze Armani Jeans, ein schwarzes Armani Hemd und schwarze Stiefel. Ingo zieht diese Sachen an und dann öffnet er den Schrank. Er nimmt eine Pumpgun, drei Handgranaten und ein dolchartiges Messer heraus. Diese Sachen verstaut er in den Taschen und Halftern, die an seinem mannlangen, schwarzen Ledermantel angebracht sind, der ebenfalls an einem Kleiderbügel im Schrank hängt.
Dann zieht er den Mantel an und geht Richtung Wohnzimmer. Als er am Wohnzimmertisch vorbeigeht, zieht er noch einmal an seinem Joint, den er dann in dem Aschenbecher, der auf dem Tisch steht, ausdrückt. Nun nimmt er noch einen großen Schluck aus einer noch ungeöffneten Whiskey Flasche.
Jetzt verlässt er die Wohnung.

28. Straßenstrich im alten Gewerbegebiet. Tag.

Prostituierte:
        Na du, mein Süßer! Wie wär's denn mit uns beiden?

Ingo:
        Hab jetzt keine Zeit! - - Schlampe!

Prostituierte: (leise)
        Arschloch!

Ingo bekommt wieder Halluzinationen. Er sieht die Szene in der Janina die Hand abgehackt wird und wie sie von Slide nach ihrem Tod "vergewaltigt" worden ist. In seinem Gesicht läuft der Schweiß runter.

Ingo: (schreit die Prostituierte an)
    Ihr vollgekoksten Schlampen! Man sollte euch alle durchficken und dann den Hals abschneiden! Ihr seit der Abschaum der Gesellschaft!
(Die Prostituierte entfernt sich langsam von Ingo ohne dabei den Augenkontakt zu ihm abzubrechen)
    Ihr seit die Seuche, die sich wie ein roter Faden durch unser Leben zieht! Ihr seit zu blöd euch einen anständigen Job zu suchen und deshalb hängt ihr hier auf der Straße herum und lasst euch durchficken!

Prostituierte: (geschockt; verängstigt)
    Okay, man!

Ingo dreht sich um. Direkt vor ihm steht ein Pfarrer. Dieser trägt die typischen Kleider. Ingos Gesichtsausdruck zeigt, dass er etwas verlegen und auch überrascht ist, hier einen Mann Gottes zu sehen. Ingo geht um den Mann herum.

Pfarrer: (macht ein Kreuz vor seiner Brust)
    Oh Herr! - - Danke! Endlich sagt mal einer wie es ist!

Nun sieht man Ingo von vorne, wie er weiter geht. Im Hintergrund sieht man wie der Pfarrer vor den Prostituierten mit Geldscheinen wedelt. Diese freuen sich. Dann öffnet er seinen schwarzen Mantel (ähnlich einem Exhibitionisten). Die Prostituierten halten sich erstaunt die Hände an die Wangen. Während dessen hat sich Ingo eine Zigarette angezündet.

28b. Straßenstrich im alten Gewerbegebiet. Tag.

Eine Gruppe von Nonnen hält, in einem Kleinbus, genau vor dem Pfarrer. Der Pfarrer erschreckt sich. Die Nonnen sind schockiert. Der Pfarrer sieht an sich runter und verdeckt seine Blöße mit seiner Kutte. Dann dreht er sich schnell um. Direkt vor seinem Kopf ist eine weiße Lichtkugel.

Pfarrer: (schockiert)
    Oh, mein Gott!

Gott: (mit Hall)
    Du sollst meinen Namen nicht missbrauchen!

Pfarrer: (kniet nieder)
    Herr vergib mir, denn ich habe gesündigt!

Gott: (mit Hall)
    Gib diesen Ehrenwerten dein gesamtes Bargeld und sei dir vergeben!

Der Pfarrer greift in seine Geldbörse und nimmt zwei 100 Euroscheine heraus und gibt sie einer der beiden Frauen.

Gott: (mit Hall)
    Dein gesamtes Geld!

Pfarrer: (verlegen)
    Okay, okay! Man kann es ja mal probieren!

Gott: (mit Hall)
    Und nun, mach dass du nach Hause kommst, du elender Sünder!

Pfarrer:
    Jawohl, oh Herr! Dein Wille geschehe! Schönen Tag noch!

Der Pfarrer läuft weg. Die Lichtkugel schwebt vor die beiden Frauen.

Gott: (ohne Hall)
    So, meine Damen! Und nun lassen wir mal so richtig die Sau raus! Bezahlt ist ja bereits alles!

Die beiden Frauen kichern. Die Lichtkugel teilt sich und verschwindet unter den Röcken der beiden Frauen. Die Frauen zucken kurz mit ihrem Unterleib.

Die beiden Prostituierten zusammen: (genussvoll, stöhnend)
    Oh, Gott! Ja!

Die Nonnen sehen sich dies schockiert, mit weit aufgerissenen Augen, an. Die Ampel wird grün und die Nonnen fahren weiter.

29. Vor der Bahnhofshalle am Stadtrand. Tag.

Ingo steht vor dem Eingang der Bahnhofshalle und zündet sich eine Zigarette an. Aus seiner linken Manteltasche nimmt er eine Flasche Whiskey und nimmt einen kräftigen Schluck. Dann geht Blume an ihm vorbei, in die Bahnhofshalle. Ingo schaut ihm hinterher. Hier sieht er sich um.
Es ist niemand zu sehen.
Er steckt die Whiskeyflasche wieder in die Manteltasche und nimmt zwei Granaten aus der Innentasche des Mantels heraus, zieht die beiden Sicherungsstifte ab und wirft sie in die Bahnhofshalle. Er stellt sich neben die Eingangstüren.
Kurz darauf gibt es eine mächtige Explosion.

30. Bahnhofshalle am Stadtrand. Innen. Tag.

Ingo betritt die zerstörte Bahnhofshalle. Blume liegt stark verwundet, auf dem Bauch, am Boden. Ingo stellt sich vor ihn. Er nimmt erneut einen großen Schluck aus der Whiskeyflasche. Blume sieht hilfesuchend zu ihm rauf.

Ingo: (grinsend)
    Hi! Kennen Sie mich noch?

Ingo öffnet seinen Reisverschluss. Dann beginnt er damit sich selbst zu befriedigen. Man hört ihn stöhnen. Kurze Zeit später ergießt sich Ingos Sperma in Blumes Gesicht. Ingo schließt seinen Reisverschluss wieder, zündet sich eine Zigarette an und schießt Blume mit der Pumpgun in den Schädel. Dann verlässt er die Bahnhofshalle zu den Bahnsteigen hin. Als sich die Tür geschlossen hat, erreicht die Feuerwehr durch den Haupteingang die Halle.

31. Annas Haus. Unten. Wohnzimmer. Tag.

Anna kramt in einer Schublade des Wohnzimmerschrankes herum, während Stefan auf der Couch sitzt und Zeitung liest.

Anna:
>Du, Schatz! Ich hatte doch hier irgendwo die Einladungskarten für Svens Kommunion hingelegt. Hast du die vielleicht gesehen?

Stefan:
>Es sind keine mehr da!

Anna:
>Ja, aber wieso denn das? Es müsste doch noch eine übrig sein! Die wollte ich Frau Trojahn schicken!

Stefan:
>Wieso willst du der denn eine Karte schicken? Die wohnt doch direkt gegenüber! Die kannst du doch auch so einladen. Das kann der Kleine sogar selber machen, wenn er nachher aus der Schule kommt.

Anna: (ernst)
>Was hast du mit der einen Karte gemacht?

Stefan:
>Die habe ich deinem Bruder geschickt! Ich will ihn gerne mal kennen lernen! Außerdem ist eine Kommunion eine Familienfeier! Und er gehört zur Familie!

Anna:(wütend)
>Wir waren uns doch neulich abends einig darüber, dass es besser ist, diesen Psychopaten nicht einzuladen!

Stefan:
>Als ich mich beim Waisenhaus nach seiner Adresse erkundigt habe, sagten die mir, dass er sich für zwei Studiengänge an unserer Uni eingeschrieben hat! Er studiert Germanistik und Geschichte. Das klingt für mich nicht nach einem psychopathischen, verrückten Menschen, den man nicht in seinem Haus haben will! Gib ihm doch einfach eine Chance!

Anna:(wütend)
>Nein! Er kommt mir nicht ins Haus!

(sie geht zur Tür)

Stefan:
>Ja, aber die Einladung müsste gestern oder heute bei ihm eintreffen!

Anna: (ärgerlich)
>Dann fahr zu ihm und sag ihm, dass ich ihn hier nicht sehen will!

Stefan: (kleinlaut)
>	Das geht nicht!

Anna: (wütend)
>	Warum?

Stefan:
>	Weil die mir nur eine Postfachadresse geben konnten. Ich weiß nicht, wo er wohnt!

Anna: (wütend)
>	ICH werde ihm meine Haustür jedenfalls nicht öffnen!

Anna verlässt den Raum. Stefan atmet tief durch und fährt sich mit einer Hand über die Haare.

32. Pommesbude im alten Gewerbegebiet. Tag.

In der Pommesbude steht eine großbusige Frau, Mitte 20, die einen Minirock trägt.

Ingo:
>	Guten Morgen!

Frau:
>	Morgen! Was kann ich für dich tun, Süßer?

Ingo:
>	Einmal Pommes rot-weiß, zwei Bier und eine Packung Zigaretten!

Frau:
>	Kommt sofort!

Ingo geht zu einem der kleinen, runden Tische, die etwa drei Meter vor der Bude stehen. Die Frau sieht ihm begeistert hinterher. Ingo stellt sich an einen der Tische und die Frau geht zu ihm.

Frau: (säuselnd)
>	Hier sind deine Zigaretten!

Ingo: (kühl)
>	Danke!

Frau: (säuselnd)
>	Gefall ich dir?

Ingo: (kühl)
>	Wie bitte?

Frau: (verschmitzt)
>	Ob du mich hübsch findest?

(sie sieht sich um)
> Weißt du, mein Loch juckt und ich frage mich, ob du nicht Lust hättest etwas daran zu kratzen?

(sie lächelt)

Ingo:
> Hier?

Frau:
> Hinter der Bude!

Ingo:
> Na ja!

Die Frau nimmt ihre Brüste hervor. Ingo grinst.

Ingo:
> Warum nicht!

Frau: (glücklich)
> Okay, komm!

Sie greift seine Hand und sie gehen zügig hinter die Bude. Während sie sich auszieht:

Frau:
> Heute ist hier sowieso nichts los, also keine Angst, dass jemand kommt! Gestern gab es hier eine Massenschlägerei! Irgend so ein 10-jähriger Assi wurde von einer Rockerbande verprügelt! Die werden wohl gewusst haben warum! Na ja, was soll's!

Als sie das sagt, bekommt Ingo erneut Halluzinationen. Er sieht den 40-jährigen Schaulustigen vor sich, der ihn beleidigt. Dann kommt er wieder zu sich. Die Frau ist schon am blasen.

Frau:
> So, und jetzt fick mich von hinten!

Sie dreht sich um und Ingo führt seinen Penis in ihren Po ein. Die beiden haben Geschlechtsverkehr. Während dessen bekommt Ingo immer wieder kleinere Halluzinationen, in denen er kurze Bilder von seiner toten Mutter vor Augen hat. Dann erlebt die Frau ihren Höhepunkt. Sie dreht sich wieder um und bläst. Dann kommt auch Ingo. Sein Sperma spritzt er in ihr Gesicht.

Ingo:
> Sag mal, hast du dem Jungen denn gar nicht geholfen?

Frau: (während sie sich anzieht)
> Nee! Erstens waren das zu viele, die auf ihn eingeschlagen haben. Zweitens hatten die alle was bei mir gekauft. Ich will mir ja meine Kunden nicht vergraulen, wegen so eines kleinen, italienischen Bastards!

Ingo bekommt erneut Halluzinationen. Diesmal sieht er die 60-jährige Schaulustige vor sich. Als Ingo wieder zu sich kommt, liegt die Frau tot auf dem Boden. Er hat ihr den Bauch und die Kehle mit dem Dolch aufgeschnitten. Er reinigt nun das Messer, indem er es über den Rock der Frau zieht, zündet sich eine Zigarette an und betritt die Bude, um sich eine Wurst zu holen. Da kommt ein Mann (ca. 40 Jahre, 1,60m, Halbglatze, ca. 50 Kg) auf Ingo zu.

Mann 1: (betritt die Bude; leicht aufgeregt bis ängstlich)
> Ich ... ich habe das gerade gesehen!

Ingo: (kühl)
> Was haben Sie gerade gesehen?

Mann 1: (aufgeregt und zögerlich)
> Dass, was Sie da mit der Frau getan haben!

Ingo: (kühl; greift nach zwei kleinen Gabeln)
> Und da halten Sie es für klug, zu mir zu kommen?

Mann 1: (sehr aufgeregt und zögerlich)
> Keine Angst, junger Mann! Ich habe die Polizei bereits über mein Handy verständigt! Die wird gleich hier sein!

Ingo: (kühl)
> Aha!

Ingo steckt sich die Zigarette in den Mund, und rammt dem Mann die beiden kleinen Gabeln in dessen Augen. Der Mann schreit.

Ingo: (kühl)
> So, jetzt wirst du künftig keine Dinge mehr sehen, die dich nix angehen! Das wird dir viel Ärger ersparen! Meinst du nicht auch?

Ingo zieht die Gabeln wieder aus den Augen des Mannes. Dabei bleiben die beiden Sehorgane komplett an den Gabeln stecken. Der Mann schreit erneut sehr laut. Ingo legt die Gabeln auf eine Ablage und schüttet eine Schüssel voll Pommesfett über den Kopf des Mannes. Dann ist Ruhe. Ingo nimmt nun die beiden Gabeln mit den Augen dran und steckt diese in seine rechte Manteltasche. Danach verlässt er die Bude.

33. Postamt. Innen. Tag.

Ingo betritt, mit einer Zigarette im Mund, die Vorschalterhalle des Postamtes und geht zu seinem Postfach. Er öffnet es und nimmt seine Post heraus. Es handelt sich hierbei um Stefans Einladung und vier Werbebriefe, irgendwelcher Firmen. Er steckt die Briefe in seine Manteltasche. Ingo sieht sich kurz um, dann stellt er sich mit dem Rücken zur Tür, öffnet seinen Reisverschluss und man hört wie er anfängt auf den Boden zu urinieren. Dann hört man wie er den Reisverschluss wieder schließt und er sich neben den Mülleimer stellt, der in diesem Raum steht. Er trinkt den Rest seiner Whiskey Flasche leer, stellt sie neben den Mülleimer, rülpst laut und gerade als er den Raum verlassen will, kommt ein Mann Mitte 40 und rutscht auf Ingos Urin aus.

Mann 2: (laut)
    Welches Schwein hat denn hier hingepisst?

Ingo: (kühl)
    Das ist bestimmt kein Schwein gewesen, alter Knacker!

Der Mann sieht Ingo hinterher, als dieser die Post wieder verlässt.

Mann 2:
    Klugscheißer!

34. Ingos Wohnung. Schlafzimmer. Tag.

Ingo sitzt mit blankem Oberkörper in seinem Bett, vor seinem Laptop. Im Hintergrund läuft ein Modern Talking Lied. Ingo ist wieder als „Dark_M23" im Chat.

Slide:
: Wie war dein Tag bis jetzt?
Ingo:
: Super! Ich habe meiner Blume die zwei Ostereier vorbei gebracht. Und sie hat sich vor Freude quasi zerrissen!
Slide:
: Hab von dem Unfall im Gewerbegebiet gehört! Du auch?
Ingo:
: Ja, im Radio :-)
Slide:
: Aha! :-)
Ingo:
: Kommt ihr heute Abend?
Slide:
: Haste aufgeräumt?
Ingo:
: Kennst mich doch.
Slide:
: Besorg dir mal 'ne Play Station, Alter!
Ingo:
: Mal sehen, was sich machen lässt.
Slide:
: Gegen 8?
Ingo:
: Okay. Bringt was zu rauchen mit. Mein Vorrat ist fast aufgebraucht.
Slide:
: Sonst noch was?
Ingo:
: Pumpbohnen und Ostereier!
Slide:
: 500 Euro!
Ingo:
: Okay!
Slide:
: CU.
Ingo:
: CU.
Ingo: (redet mit sich selbst)
: Mal sehen, was für Schnitten online sind.

Ingo blickt auf die Nicknames der Frauen und klickt „Devotestute20" an.

Ingo:
>   Hi!
Devotestute20:
>   Hallo! Wie heißt du?
Ingo:
>   Ingo. Und du?
Devotestute20:
>   Blöde Schlampe.
Ingo:
>   Ein ungewöhnlicher Name. Sind deine Eltern deutsche? :-O
Devotestute20:
>   Meine Mutter ist eine Dreckschlampe und mein Vater ist ein Blödmann.
Ingo:
>   Ah so, und aus dieser Mischung ist dann die Blöde Schlampe geworden. Klingt logisch *g*
Devotestute20:
>   *g* ja, genau.
Ingo:
>   Ich suche eine wie dich. Wie devot biste denn?
Devotestute20:
>   Zum Zeichen der Unterwürfigkeit und der Demütigung musst du mir in der Wohnung alle meine Kleider abnehmen, ich esse nur am Fußboden aus einem Hundenapf und ich bin natürlich 100% hörig.
Ingo:
>   Nette Einstellung. Wie siehste denn aus?
Devotestute20:
>   1,57m groß, 42kg, man sagt leuchtende blaue Augen, so wie Terence Hill, hell-blonde, fast weiße Haare. Und du?
Ingo:
>   Rauchst du?
Devotestute20:
>   Ich nehme gar keine Drogen. Ich trinke keinen Alkohol, rauche nicht und tu auch sonst nix, was in diese Richtung geht. Das ist mein einziges Tabu.
Ingo:
>   Aha!
Devotestute20:
>   Ist das ein Problem für dich?

Ingo:
> Nö. Ich habe ein gesundes Verhältnis zu solchen Dingen.

Ingo raucht gerade einem Joint.

Devotestute20:
> Okay. Was machst du so?

Ingo:
> Studieren.

Devotestute20:
> Was?

Ingo:
> Geschichte und Germanistik.

Devotestute20:
> Wohnst du noch bei deinen Eltern?

Ingo:
> Nein. Lust mich kennen zulernen?

Devotestute20:
> Ja. Wo?

Ingo:
> Im großen Park? Pavillon 17 in einer Stunde?

Devotestute20:
> Okay. Woran erkenne ich dich denn?

Ingo:
> Ich werde einen schwarzen Mantel und eine Sonnenbrille tragen.

Devotestute20:
> Okay, cu :-*.

Ingo:
> Cu.

Ingo klappt den Laptop zu und nimmt Stefans Brief vom Nachttisch, öffnet ihn und liest.

Ingo: (leise zu sich selbst)
> Hiermit laden wir (Gemurmel) Kommunion (Gemurmel) in die Gartenstraße 17 ...

(grinst; laut)
> Ich werde da sein, Schwesterlein! Aber 100%! Ich werde kommen!

35a. Großer Park. Pavillon 17. Tag

Ingo sitzt im Pavillon und wirft eine leere Zigarettenschachtel auf den Boden. Dann betritt Devotestute20 den Pavillon. Sie trägt ein weißes Oberteil, eine blaue Jeans, ein Hundehalsband und einen relativ großen, schwarzen Rucksack.

Blöde Schlampe:
>Bist du Ingo?

Ingo:
>Ja! Bist du Blöde Schlampe?

Blöde Schlampe:
>Ja!

(Sie schütteln sich die Hände)
>Ich dachte, dass du nicht rauchst.

Sie setzt sich zu ihm. Während sie dies tut beobachtet er sie. Ingo ist von der Erscheinung der Frau begeistert.

Ingo:
>Ich sagte, dass ich ein gesundes Verhältnis zu Drogen habe.

Blöde Schlampe:
>Das heißt?

Ingo:
>Man lebt nur einmal!

Blöde Schlampe:
>Aha! Verstehe!

Ingo:
>Schlimm?

Blöde Schlampe:
>Ist mir eigentlich egal. Es kann ja jeder tun, was er will. Ich selbst will damit aber nix zu tun haben.

Ingo:
>Okay! Ich hätte nicht gedacht, dass du kommst.

Blöde Schlampe:
>Wieso?

Ingo:
>Ich dachte, dass du ein Fake bist.

Blöde Schlampe:
>Wieso?

Ingo:
> Weil es sehr ungewöhnlich ist, dass Frauen mit Fremden so offen über ihre sexuellen Neigungen sprechen.

Blöde Schlampe:
> Na ja. Es gibt eben Situationen, in denen man keine andere Wahl hat.

Ingo:
> Wie meinst du das?

Blöde Schlampe:
> Ich habe keine Wohnung mehr, seitdem mein Vater mich aus dem Haus geworfen hat.

Ingo:
> Wieso hat er das getan?

Blöde Schlampe:
> Als meine Mutter vor 6 Jahren an einem Hirntumor gestorben ist, war ich 14 Jahre alt und die einzige Frau im Haus. Mein Vater hat mit dem Trinken angefangen, seinen Job verloren und natürlich auch keine andere Frau kennen gelernt. Ich habe noch sechs Brüder. Alle nur ein Jahr auseinander und ich bin die Jüngste. Ich musste in die Rolle der Mutter schlüpfen und mich um den Haushalt, die Besorgungen und die finanziellen Dinge kümmern.

Ingo:
> Wieso haben das denn deine Brüder nicht gemacht?

Blöde Schlampe:
> Mein Vater meinte, dass das Frauenarbeit sei.

Ingo:
> Und dann durftest du dich um die Finanzen kümmern?

Blöde Schlampe:
> Nun ja, da ich ja die Einkäufe machen und die anderen Rechnungen bezahlen musste, habe ich mich eben um das Finanzielle gekümmert.

Ingo:
> War dein Vater oft betrunken?

Blöde Schlampe:
> Manchmal ist er um 11 schon so betrunken, dass er nicht mal mehr die Tür für den Briefträger aufmachen kann.

Ingo:
    Und wie war das mit der Schule?
Blöde Schlampe:
    Wieso willst du das alles wissen?
Ingo:
    Ich weiß gerne - wen ich mir ins Haus hole.
Blöde Schlampe:
    Ich habe den Hauptschulabschluss nicht geschafft und dann ging ich aufs BGJ - Holz. Dort habe ich den Abschluss dann geschafft und eine Friseurinnenlehre begonnen. Meine Chefin hat mich dann vor einem halben Jahr rausgeschmissen, weil ich häufig zu spät gekommen bin.
Ingo:
    Wegen deines Vaters?
Blöde Schlampe:
    Ja! Meine Brüder sind alle weggezogen und haben Jobs. Sie melden sich nicht mal an Weihnachten. Das hat meinen Vater noch zusätzlich aus der Bahn geworfen. Da ich seit diesem Jahr Arbeitslosengeld II bekomme, reichte unser gemeinsames Einkommen nicht mehr, um die Wohnung zu halten. Er gab mir die Schuld und hat mich dann rausgeworfen.
Ingo: (zieht seine Sonnenbrille aus; trauriger Gesichtsausdruck)
    Was würdest du denn gerne tun, wenn du es dir aussuchen dürftest?
Blöde Schlampe:
    Ich male gern.
Ingo:
    Was malst du denn?
Blöde Schlampe:
    Leute. Manchmal auch Autos. Ich interessiere mich für Autos.
Ingo:
    Und was soll das nun mit dem devot sein?
Blöde Schlampe:
    Hmm. Ich bin eben so. Ich finde es toll, wenn ich die Verantwortung für mein Leben und mein Tun an einen anderen Menschen abgeben kann. Ich habe seit sechs Jahren die Verantwortung für meine Familie übernommen, ihnen jeden Tag was zu essen gemacht, ihre Rechnungen bezahlt, ihre Termine abgemacht und

manchmal habe ich meinen Vater sogar auf die Toilette gebracht. Ich hab keinen Bock mehr darauf. Ich will mich um nix mehr kümmern müssen!
Ich bin mir durchaus bewusst, dass devot sein bedeutet, dass ich dir bedingungslos dienen muss, und dass ich mit Bestrafung rechnen muss, wenn ich dir nicht gehorche, aber die Art und Weise wie dieses geschieht ist eine völlig andere. Du trägst die Verantwortung für die Dinge, die ich tue, indem du mir Befehle erteilst. Die letzten Jahre über musste ich zwar auch immer das tun, was meine Brüder und mein Vater von mir verlangten und sie haben mich auch bestraft, wenn ich nicht gehorcht habe, aber wenn etwas nicht so funktioniert hatte, wie es gedacht war, musste ich eben meinen Kopf hinhalten. Das ist es, was ich nicht mehr will. Ich will Freiheit!

Ingo:
    Was ist Freiheit für dich?

Blöde Schlampe:
    Freiheit ist, wenn ich selbst entscheiden kann, wer mich schlecht behandelt!

Ingo:
    Und du bist dir ganz sicher, dass du dein Leben nicht in den Griff bekommen willst?

Blöde Schlampe:
    Wenn man jahrelang einem gewissen Einfluss unterliegt, fällt es einem schwer sich zu ändern. Das ist für mich schon völlig normal geworden.

Ingo:
    Aber du scheinst doch unter diesem Lebensstil zu leiden. Wieso tust du dir das an?

Blöde Schlampe:
    Man kann sich sein Leben nicht aussuchen. Die Einen werden mit einem silbernen Löffel im Mund geboren und die Anderen kommen in einer Gosse zum Nichts zur Welt. Wobei ich der Meinung bin, dass der, der mit dem Löffel zur Welt kommt, nicht unbedingt glücklicher ist.

Ingo:
    Wieso?

Blöde Schlampe:
    Weil so ein Mensch einen viel höheren Anspruch hat, den man erst einmal befriedigen muss. Ein

> Obdachloser ist bei Regen schon zufrieden, wenn er einen alten Verpackungskarton von einem Fernseher findet, der ihn vor der Nässe schützt, während ein reicher Mensch sich darüber aufregt, dass das Verdeck seines 120.000 Euro teuren Mercedes nicht richtig dicht ist.

Ingo:
> Da ist was dran.

Blöde Schlampe:
> Der frühere Vorgesetzte von meinem Vater hatte seiner Frau zum 20. Hochzeitstag einen gebrauchten Jaguar geschenkt. Ein 100.000 Mark teures Auto mit allen Schikanen. Das einzige Problem, dass die Beiden nun hatten, war, dass es nur eine einzige Garage gegeben hatte. Der Mann wollte seinen Mercedes nicht auf der Straße parken, und da es wegen des Platzes auf dem Grundstück nicht möglich war eine zweite Garage zu bauen, führte dieses Geschenk letztendlich zur Scheidung der beiden. Die müssen sich echt sehr lieb gehabt haben! Auf der anderen Seite hatten wir früher mal Nachbarn, die von der Sozialhilfe lebten, und als der 20. Hochzeitstag ins Haus stand, schenkte der Mann seiner Frau ein Familienportrait, das, wie er meiner Mutter erzählt hat, ganze 25 Mark gekostet hat. Aber für die Frau hatte es einen hohen sentimentalen Wert. Es war für sie das beste Geschenk, das sie bekommen konnte, weil es ihr zeigte, was sie in den letzten 20 Jahren mit ihrem Mann zusammen geschaffen hatte. Sie hatten sich eine Familie aufgebaut. Sie hatten nicht viele materielle Dinge. Aber sie hatten einander. Einer war für den anderen da. So wie es sein soll. So, wie ich es auch haben möchte.

Ingo: (überrascht über die Ausführungen)
> Was hat das nun mit dir zu tun?

Blöde Schlampe:
> Verschiedene Menschen haben eben verschiedene Ansichten und leben ihr Leben auf verschiedene Weisen. Jeder sollte das tun, was er für sich am Richtigsten findet. Und ich will eben einen Partner haben, der mir das Gefühl gibt, dass ich ihm was bedeute, und dass ich so

ziemlich der Mittelpunkt seines Lebens bin. Außerdem darfst du eines nicht vergessen: Auch wenn ich sehr devot bin, was meiner Meinung nach kein Rollenspiel, sondern eine Lebenseinstellung sein sollte, wenn man es richtig macht, so bin ich es, die es dir erlaubt, es mit mir zu tun! Du siehst also, dass ich im Grunde schon die Oberhand habe. Letzten Endes.

Ingo:
Das ist aber wohl in jeder Beziehung so, dass die Frau die Oberhand hat.

Blöde Schlampe:
Kann sein. Zumindest beginnen die meisten Beziehungen, weil wir Frauen euch an uns ranlassen. Frauen selektieren eben. Wir nehmen nur die, die wir für geeignet halten. Das hängt bestimmt einem Urinstinkt zusammen.

Ingo:
So, so!

Blöde Schlampe:
Ja. Immerhin sind wir es, die die Kinder bekommen. Also ist es auch an uns den geeigneten Partner zu finden. Ihr Kerle könnt jeden Tag fünf Frauen schwängern, deshalb bietet ihr euch auch immer mal wieder Frauen an, mit denen ihr keine feste Partnerschaft habt.

Ingo:
Wegen des Urinstinktes?

Blöde Schlampe:
Ja. Ihr müsst euch möglichst vielen Frauen anbieten, damit ihr eine größere Chance habt für die Paarung ausgewählt zu werden, damit ihr eure Gene weitergeben könnt.

Ingo:
Da könnte was dran sein.

Blöde Schlampe:
Das ist ganz bestimmt so. Das mit dem Fremdgehen und so, das ist alles eine gegen die Natur laufende Erfindung der Gesellschaft. Von wegen der Moral und so!

Ingo:
Interessante Ansichten hast du!

Blöde Schlampe: (grinsend)
Gell! Darf ich nun bei dir wohnen?

Ingo:
>Du bist also bereit dich unterzuordnen und dem was ich dir sage Folge zu leisten?

Blöde Schlampe:
>Ja. Solange du meine Tabus nicht brichst, werde ich den lieben langen Tag das tun, was du willst.

Ingo:
>Du meinst die Sache mit den Drogen, dem Alkohol und den Zigaretten.

Blöde Schlampe:
>Alkohol und Zigaretten sind Drogen!

Ingo:
>Ja, ja! Komm, wir gehen zu mir.

(grinst)

Blöde Schlampe:
>Wieso grinst du jetzt so?

Ingo:
>Mein ganzes Leben lang habe ich von so einer Frau wie dir geträumt. Eine Frau, die sich unterordnet und weiß, wie eine Frau zu sein hat.

Blöde Schlampe:
>Ah so.

Ingo:
>Es ist ja nicht so, als wäre ich jetzt der Meinung, dass Frauen Menschen 2. Klasse seien.

Beide sehen sich kurz fragend an. Dann lachen sie sich laut an.

Ingo:
>Komm mit. Wir gehen zu mir.

Blöde Schlampe:
>Hier!

Sie hält ihm eine schwarze Lederleine hin.

Ingo:(überrascht)
>Oh, es geht schon los?

Blöde Schlampe:
>Das ist kein Rollenspiel, das ist eine Lebenseinstellung!

Ingo: (fröhlich)
> Wir beide werden viel Freude miteinander haben!
> Und damit eines gleich klar ist, du Blöde Schlampe! Du vergisst auf der Stelle alles, was du da eben von dir gegeben hast! Frauen sind nur für zwei Dinge zu gebrauchen! Ficken und putzen! Ficken und putzen! Hast du das verstanden?

Blöde Schlampe:
> Ja.

Er befestigt die Leine an ihrem Halsband und beide verlassen den Pavillon.

36. Ingos Wohnung. Wohnzimmer. Tag.

Ingo und Blöde Schlampe betreten das Wohnzimmer.

Blöde Schlampe: (entrüstet)
> Also ich habe ja schon viel über die Reinlichkeit und den Ordnungssinn gerade bei männlichen Studenten gehört, aber das hier stellt alles bisher da Gewesene in den Schatten! Hier sieht's ja aus wie im Schweinestall!

Ingo:
> Na ja, hier wurde in den letzten Wochen wenig sauber gemacht!

Blöde Schlampe:
> Ja, das sieht man! Wo kann ich hier meine Sachen hinlegen?

Ingo:
> Was hast du denn dabei?

Blöde Schlampe:
(Öffnet ihren Rucksack)
> Meinen Fressnapf, Handschellen, ein T-Shirt, Hotpants zum Wechseln und eine Packung Katzenstreu.

Ingo:
> Wofür ist die denn? Hast du eine Katze?

Blöde Schlampe:
> Nee. Das ist für mich. Ich darf doch nicht auf die Toilette gehen!

Ingo:
> Das verbietet dir deine Lebenseinstellung?

Blöde Schlampe:
> Ja!

Ingo:
> Na dann verbietet es dir deine Lebenseinstellung bestimmt auch nicht hier sauber zu machen!

Ingo bückt sich, hebt einen Handfeger vom Boden auf und hält ihn der Frau hin. Dabei setzt er ein breites Grinsen auf.

Ingo: (ernst)
> Um 8 bekomme ich besuch. Ich rate dir bis dorthin alles sauber zu haben, du Blöde Schlampe!

(lächelnd)
> Ich suche derweil ein Gefäß für dein Katzenstreu.

Ingo verlässt den Raum und die Frau beugt sich nach unten und beginnt damit sauber zu machen.

37. Ingos Wohnung. Abend.

Es klopft an Ingos Haustür. Er trägt wieder seine schwarzen Klamotten und öffnet die Tür. Monkey, Slide, Stonehead, Blümchen und Long John betreten die blitzsaubere Wohnung. Alle haben einen Joint im Mund. Monkey und Long John haben einen Rucksack dabei.

Slide:
> Hier sieht's ja aus wie geleckt, Alter! Wie haste das denn gemacht?

Blümchen:
> Jou, Alter! Das sieht ja aus wie geleckt!

Monkey:
> Cool! Man kann den Fußboden sehen!

Ingo:
> Habt ihr die Karten dabei?

Slide:
> Jou! Und Long John hat die restlichen Utensilien, die du haben wolltest, auch dabei!

Ingo:
> Wer ist denn Long John?

Slide:
> Jou, Alter! Das ist der da!

Long John:
> Hi!

Ingo:
> Hi!

Slide:
> Nachdem Basti nicht wieder aufgetaucht ist, haben wir ihn in unsere Gang aufgenommen. Long John kann drei Flaschen kippen und wirft dann sechs Mal hintereinander ins Bulls Eye!

Ingo:
> Und wieso der Name?

Blümchen: (zwinkernd)
> Rat mal!

(grinst)
Ingo:
> Aso!

Slide:
> Also, Alter! Was geht? Wieso sieht's hier aus wie bei Muttern?

Ingo:
> Als du heute Morgen sagtest, dass ich hier dringend eine Play Station brauche, hab ich den Plan direkt in die Tat umgesetzt und mir ein Prachtexemplar besorgt!

Stonehead:
> Und wo ist die Schnecke?

Ingo:
> Im Schlafzimmerschrank!

Monkey:
(sieht auf das Katzenklo, das neben der Couch steht)
> Und ihren Zoo hat sie auch gleich bei dir einquartiert, oder wie?

Slide: (lachend)
> Da steht aber einer ganz schön unter dem Scheffel, was!

(Alle grölen)

Ingo:
> Ich glaube, da liegt ihr falsch, meine Freunde! Moment!

Ingo geht vom Wohnzimmer aus ins Schlafzimmer und öffnet eine Schranktür. Hier sitzt Blöde Schlampe nackt auf dem Boden. Die Leine ist sowohl an ihrem Halsband als auch um die Kleiderstange gebunden. Ingo zieht sie aus dem Schrank und sie kniet vor ihm auf dem Boden.

Ingo:
>Das sind meine Kumpels, Blöde Schlampe! Sag guten Tag, Blöde Schlampe!

Blöde Schlampe:
>Hallo!

Die Jungs sehen sich überrascht an. Dann schauen sie fragend auf Ingo.

Ingo: (ernst)
>Los! Geh zu meinen Kumpels und begrüße sie!

Blöde Schlampe:
>Ja!

Auf Knien bewegt sie sich auf die fünf Männer zu.

Slide:
>Hi, ich bin Slide!

Blöde Schlampe:
>Hallo! Ich bin die Blöde Schlampe!

Alle grölen.

Stonehead:
>Stonehead, du Blöde Schlampe!

Blöde Schlampe:
>Angenehm!

Monkey:
>Monkey!

Blöde Schlampe:
>Hallo!

Long John:
>Long John!

Blöde Schlampe:
>Hallo!

Blümchen:
>Blümchen!

Blöde Schlampe:
>Hallo!

Ingo:
>So, genug der Förmlichkeiten! Spielen wir Karten!

(ernst)

Und du setzt dich auf deinen Platz, neben
meinem Sessel, und tust, was ich oder meine
Kumpels dir sagen, Blöde Schlampe!
Blöde Schlampe: (unterwürfig)
Verstanden!

*Alle gehen zum Wohnzimmertisch. Ingo setzt sich in den
Sessel, Slide nimmt ihm gegenüber Platz und die drei
Anderen setzen sich auf die Couch. Blöde Schlampe setzt
sich neben Ingo auf den Boden.*

Slide: (betrachtet das Katzenklo)
Wofür benötigt ihr das Katzenklo noch mal?
Ingo:
Die Toilette ist nichts für Blöde Schlampen!

*Die fünf Gäste sehen sich fragend an, dann beginnen sie
laut zu lachen.*

Monkey:
Darauf sauf ich einen!
*(er nimmt einen großen Schluck aus seiner
Whiskeyflasche)*

Ingo:
Wer hat die Karten?
Slide:
Monkey!
Monkey:
Jou!
(er greift in seinen Rucksack)
Hier!
Alle:
(außer der Frau)

Uno??
Monkey:
Ja! - - - Was ist? Es ist das meist gespielte Spiel
aller Zeiten!

*Alle zucken mit den Schultern und dann beginnen sie die
Karten auszuteilen.*

38. Ingos Wohnung. Wohnzimmer. Nacht.

Zwei Stunden später.

Auf dem Wohnzimmertisch liegen einige leere Whiskey- und Schnapsflaschen, Chipstüten und acht leere Zigarettenschachteln. Die Frau kniet immer noch neben Ingo auf dem Boden. Alle stehen merklich unter dem Einfluss von Alkohol und harten Drogen.

Monkey:
    Uno!
Slide:
    Du wirst nicht gewinnen, mein Alter!
Ingo:
    Ich werde euch sowieso wieder fertig machen!
Stonehead:
    Dabei übersiehst du nur eines, mein Lieber! Nämlich, dass ich jetzt ausmache!
(lacht)
Alle: (außer der Frau)
    Verdammt!
Sie knallen die Karten auf den Tisch.

Blümchen:
    Ich will einen Joint rauchen!
Ingo:
    Na los, bring Blümchen einen Joint, Blöde Schlampe!
Blöde Schlampe:
    Ja!

Sie geht an Monkeys Rucksack, nimmt einen Joint heraus, steckt ihn in Blümchens Mund und zündet ihn an.

Während dessen:

Slide:
    Was macht diese Blöde Schlampe denn sonst noch so?
Ingo:
    Sie tut alles!
Stonehead:
    Alles!? Wirklich?
(er rülpst)
    Na dann kann sie sich ja auch mal um meinen kleinen Freund hier unten kümmern!
Ingo:
    Ja, das kann sie!

Die Frau sieht Ingo an.

Ingo: (befiehlt)
    Na los, blas Stonehead einen!
Blöde Schlampe:
    Ja!

Sie öffnet seinen Reisverschluss und fängt an ihm einen zu blasen.

Long John: (begeistert)
    Wow, wow, wow! Das ist eine geile Alte!
Slide:
    Ja, die darf auch mal an mich ran!
Long John:
    Moment! Aber zuerst komm ich dran!
Slide:
(nimmt eine verdeckte Unokarte und hält sie sich mit der Rückseite an die Stirn)
    Wer die höchste Karte hat, darf zuerst mit der Play Station spielen!
Long John:
(nimmt einen kräftigen Schluck aus seiner Schnapsflasche und rülpst dann)
    Okay!
Blümchen: (empört)
    Hey! Und was ist mit mir?
Monkey:
    Du? Du bist doch ein fetter, schwuler Schwanzlutscher!
Blümchen:(empört)
    Hey! - - Das ist drüsenbedingt!
Monkey:
    Natürlich! Schwanzlutscher!
Blümchen: (ärgerlich)
    Hey! Noch ein Wort und ich setze mich auf dich, du Mutterficker!
Monkey:
    Hey! Ich wusste nicht, dass sie meine Mutter ist, okay!?

Die Anderen kichern, hinter vorgehaltener Hand.

Monkey:
    Was? Mein Vater hatte damals mit vielen Game Cubes rumgefickt! Ich hatte sie verwechselt!

Die Anderen lachen laut.

Ingo:
>Jungs, Jungs, Jungs! Keine Panik! Blöde Schlampe ist für alle da! Jeder darf mal!

Stonehead spritzt jetzt ab. Man hört ihn stöhnen und eine riesige Menge Sperma läuft über das Gesicht der Frau. Alle Anderen sind über die Ausflussmenge erstaunt.

Stonehead:
>Da staunt ihr, was Jungs! Das kommt von meinem Spezialgesöff hier!

Er wedelt mit seinem Flachmann hin und her.

Monkey:
>Was immer du da drin hast - ich will es auch!

Er greift nach dem Flachmann und nimmt einen langen Schluck daraus; dann bleibt ihm die Luft weg. Stonehead lacht.

Monkey:
>Was hast du denn da drin? Spiritus?

Stonehead:
>Ein Liter meines Wundersaftes besteht aus 500 ml Whiskey, 250 ml Cola, 100 ml Super Plus und 50 Gramm Vanilleeis!

Monkey trinkt den Flachmann leer. Die Frau will sich gerade mit den Händen das Sperma aus dem Gesicht wischen, als:

Ingo:
>Lass es in deinem Gesicht! Alle sollen sehen, dass du eine blöde Schlampe bist, die für sonst nichts zu gebrauchen ist!

Slide:
>Ho, ho! Das war aber gerade böse!

Ingo:
>Stimmt doch! Ficken und putzen! Das ist alles, wofür man diese versaute, kleine Schlampe benutzen kann!

(er sieht sie an)
>Stimmt doch, oder?

Blöde Schlampe:
> Ja!

Slide:
> Ich will sie jetzt aber auch mal bumsen!

Sie geht zu ihm. Er steht von seinem Sessel auf und lehnt sich gegen die Haustür.

Slide:
> Schön von hinten in ihren geilen Schlampenarsch!

Monkey steht auf und wankt langsam zu dem Sessel auf dem Slide gesessen hat. Dann bleibt er stehen und verzieht sein Gesicht. Im Hintergrund hört man, dass Slide und die Frau Sex haben.

Blümchen:
> Was ist mit dir, Monkey?

Monkey:
(beginnt hemmungslos zu lachen)
> Ich ... ich hab mir grad in die Hose geschissen!

Stonehead, Blümchen, Ingo und Long John bewerfen Monkey mit Chips. Monkey lässt sich auf den Sessel fallen, und als er auf der Sitzfläche aufkommt, quillt ein Teil der Exkremente zwischen seinem Bein und der Unterhose heraus, auf den Boden.

Long John:
> Iiiiiih! Du Sau! Pass doch auf!

Monkey lacht noch immer.

Ingo:
> Keine Panik, Jungs! Blöde Schlampe wird das später wegmachen!

Monkey beugt seinen Oberkörper nach rechts, über die Lehne des Sessels heraus und beginnt sich zu übergeben.

Ingo
> Auch das wird Blöde Schlampe gleich aufputzen!

Long John:
(hebt seine Flasche)
> Ein Hoch auf Blöde Schlampe, die unseren Dreck wegmacht!

Long John, Ingo, Slide, Blümchen:
> Ein Hoch auf Blöde Schlampe!

Alle grölen.

Stonehead:
> Deine Alte ist echt super, Alter!

Ingo und er klatschen sich ab.

Ingo:
> Jepp! Jeder sollte eine haben!

Nun sehen die übrigen Slide und der Frau beim Sex zu. Dann kommt Slide und lässt sein Sperma auf den Po der Frau laufen.
Als es soweit ist, applaudieren die Zuschauer.

Ingo:
> Das hast du gut gemacht, Blöde Schlampe!
> Dafür hast du dir einen kleinen Snack verdient!

Die Anderen raunen. Ingo nimmt seinen Mantel, der links neben seinem Sessel, auf dem Boden, liegt, und nimmt eines der beiden Augen des Mannes von der Pommesbude aus der Tasche und legt es in ein Glas. Dann schüttet er etwas Cola hinein und hält es der Frau hin.

Ingo:
> Hier, bitte sehr!

Blöde Schlampe: (zögerlich)
> Was ist das?

Ingo:
> Bin ich DIR Rechenschaft schuldig?

Blöde Schlampe: (kurz abwartend)
> Nein!

Ingo:
> Das ist das Auge eines Ochsen!

Die Frau trinkt die Cola leer und dann nimmt sie das Auge in den Mund.

Ingo:
        Das Auge eines ausgemachten Hornochsen!
(lacht)

In diesem Moment beißt die Frau auf das Auge und etwas Augenflüssigkeit läuft aus ihrem Mund. Alle beginnen laut zu lachen und Ingo drückt seine Hand vor ihren Mund, sodass sie es herunterschlucken muss. Dann nimmt Ingo ihr das Glas weg und stellt es auf den Tisch.

Ingo:
        Und nun gehst du mit Monkey ins Bad und machst ihn sauber! Dann kommst du wieder und machst den Boden sauber!
Er nimmt das Glas, legt das zweite Auge hinein und hält es ihr vors Gesicht.

        Sonst ...
(grinst)

Blöde Schlampe:
        Wo ... woher sind diese Augen?
Ingo: (lacht)
        Die sind wirklich von einem Ochsen!
(ernst)
        Wirklich!
(streichelt ihre Wangen)
        Ich schwöre es dir!
(er gibt ihr einen Kuss auf den Mund)

Die Anderen grölen während dessen. Sie genießt den Kuss sichtlich und steckt ihm ihre Zunge rein.

Blöde Schlampe:
        Okay! Ich glaube dir!
Ingo: (ernst)
        Und jetzt mach was ich dir gesagt habe!
(mit einem Lächeln)
        Du Blöde Schlampe!

Sie verlässt zusammen mit Monkey das Zimmer.

Slide:
> Sieh mal, Alter! Wir haben da einen Spanner!

(er zeigt auf das Fenster im Schlafzimmer)

Ingo:
> Wo?

Slide:
> Da!

Ingo:
> Ich seh ihn!

Ingo greift erneut in seine Manteltasche und zieht die Pumpgun heraus. Er stellt sich hin, zielt kurz und dann schießt der dem Mann genau auf die Stirn.

Ingo:
> Treffer!

Alle Anderen bejubeln den Treffer und gehen mit Ingo zusammen ans Schlafzimmerfenster.

39. Ingos Wohnung. Schlafzimmer. Nacht.

Ingo:
> Der spannt nicht mehr!

(lacht)

Slide:
> Nee!

Stonehead:
> Und was ist mit den Kleinen da hinten?

Vor dem Fenster stehen drei etwa 12-jährige Jungs, die den Mord mit angesehen haben, und die jetzt starr auf Ingo und die Anderen sehen.

Ingo:
> Long John! Gib mir doch bitte mal ein „Osterei"!

Long John:
> Hier!

(gibt ihm eine Granate)

Ingo:
> Danke!

Stonehead:
> Ich wette drei Ficks mit seiner Alten, dass er nicht trifft!

Long John:
> Da halte ich mit!

Slide:
> Ich sage auch, dass er trifft!

Stonehead:
> Okay! Die Sache gilt!

Ingo: (kühl)
> Seit ihr bald fertig?

40. Vor Ingos Wohnung. Nacht.

Ingo wirft die Handgranate.

Junge 1:
> Achtung! Duckt euch! Die schmeißen mit Steinen nach uns!

Die drei 12-jährigen ducken sich und die Handgranate kommt hinter den 3en an einer Wand auf und fällt auf den Boden.

Junge 2:
> Na wartet! Euch werde ich es zeigen!

Junge 1:
> Was hast du vor?

Junge 2:
> Ich werde den Stein zurückschmeißen!

Der Junge greift nach der Handgranate.

Junge 2: (erschrocken)
> Das ist kein Stein!

Junge 3:
> Sondern?

41. Ingos Wohnung. Schlafzimmer. Nacht.

Die drei Kinder werden von der Granate getötet.

Slide:
> Kabumm!

Long John:
> Tja, Alter! Bist du es nicht langsam leid, dass du immer unrecht hast?

Alle lachen über Stonehead. Ingo tätschelt ihm tröstend die Schulter.

Ingo:
> Mach dir nichts draus, Stonehead! Es gibt Tage da verliert man! Komm wir gehen ins Wohnzimmer!

Alle gehen ins Wohnzimmer.

42. Ingos Wohnung. Wohnzimmer. Nacht.

Als sich die Anderen wieder auf ihre Plätze gesetzt haben, kommen auch Monkey und die Frau wieder ins Wohnzimmer. Sie spürt den Luftzug, des kaputten Fensters und dreht ihren Kopf dorthin.

Blöde Schlampe:
> Was ist denn passiert?

Ingo:
> Ein paar blöde Kinder haben die Scheibe eingeworfen!

Die Frau dreht sich Richtung Schlafzimmer und macht einen Schritt in die Richtung.

Ingo: (ernst)
> He!

Sie dreht sich zu Ingo.

Ingo:
> Hast du hier nicht noch etwas zu tun?

Blöde Schlampe:
> Ich wollte doch nur ...

Ingo: (ernst)
> Komm her!

Blöde Schlampe:
> Ja!

Ingo:
> So ist`s brav!

Slide:
> Ja, braves Mädchen!

Blümchen:
> Schleimer!

Slide:
> Halt`s Maul! Fetter Schwanzlutscher!

Blümchen richtet sich auf und bedroht Slide mit einem ernsten Gesicht und seiner linken Faust.

Blöde Schlampe:
> Gibt es hier in der Gegend viele Kinder?

Ingo:
> Nö!

Slide:
> Gott sei Dank!

Long John:
> Die kommen hier immer zum randalieren, sprayen, saufen und koksen her!

Slide:
> Die verseuchen hier die ganze Gegend und sorgen für permanente Polizeipräsenz!

Blöde Schlampe:
> Ich finde, dass Kinder toll sind! Ich hätte gerne Kinder!

Ingo:
(schaut sie einen Moment lang verliebt an; ernst)
> Wann habe ich dir gestattet uns voll zu labern?

Die Frau verzieht enttäuscht ihr Gesicht.

Alle: (außer Ingo) *(mitleidig)*
> Oooooooooooooooch!

Ingo:
> Haltet die Fresse!

Sie grinst. Ingo sieht sie an und umgekehrt.

Ingo:
> Du willst also ein Kind?

Blöde Schlampe:
> Ja!

Ingo:
> Na ja. Mal sehen, was sich machen lässt!

Blöde Schlampe: (lächelt)
> Wie meinst du das?

Ingo: (ernst)
>Hast du nicht was zu putzen?

Blöde Schlampe:
>Ja!

Ingo:
>Dann putz!

Slide:
>Ich glaube wir sollten jetzt gehen! Wir haben ja draußen noch was zu erledigen!

Long John:
>Richtig! Wir müssen ja noch den Unrat von der Straße entfernen!

Stonehead:
>Jou, Jungs! Lasst uns gehen!

Monkey:
>Welchen Unrat denn?

Slide:
>Halt`s Maul und komm mit!

Auf dem Weg zur Tür verbeugt sich Stonehead vor der Frau.

Stonehead:
>Es war mir eine Freude dich kennenzulernen!

Blöde Schlampe:
>Das Vergnügen war ganz auf meiner Seite!

Blümchen:
>Schleimer!

Stonehead:
>Halt`s Maul, du fetter Schwanzlutscher!

Blümchen: (wütend)
>He! Du ...

Stonehead:
>Ach komm, Dicker! Hier hast du einen Joint und alles ist gut!

Stonehead steckt Blümchen den Joint in den Mund, dieser überlegt kurz, nickt dann mit dem Kopf, und geht ebenso wie die Anderen durch die Tür, aus der Wohnung heraus.

Ingo:
>Hör zu, Blöde Schlampe! Ich leg mich jetzt aufs Ohr! Du machst hier noch sauber und dann kommst du auch schlafen!

Blöde Schlampe:
    Ja!

43. Ingos Wohnung. Schlafzimmer. Nacht.

Ingo sitzt aufrecht, mit blankem Oberkörper, in seinem Bett und raucht einen Joint. Das Licht der rechten Nachttischlampe brennt. Vor der Nachttischlampe liegt Stefans Brief. Daneben steht ein Bild. Es zeigt Ingo, seine Eltern und den Körper der Schwester. Der Kopf der Schwester wurde ausgeschnitten.
Ingo beugt sich vor und sieht ins Wohnzimmer. Die Frau sitzt gerade in der Hocke über ihrem Katzenklo. Ingo lehnt sich wieder zurück.

Ingo: (zu sich selbst)
    Weiber!

Ingo greift nach dem Foto und sieht es sich an.
Er neigt seinen Kopf nach rechts, dann bekommt er Tränen in die Augen. Langsam schließt er seine Augen. Aus dem rechten Auge läuft eine Träne sein Gesicht runter.
Dann starrt er wieder auf das Bild. Dann bekommt Ingo wieder Halluzinationen:
Er sieht seine toten Eltern. Als er wieder zu sich kommt, hat er einen Ständer und die Frau liegt auf dem Bettvorleger.

Ingo:
    Blas mir einen!

Die Frau sieht ihn an und reagiert sonst nicht.

Ingo: (ernst)
    Du sollst mir einen blasen, Blöde Schlampe!

Er zieht sie an den Haaren zu sich hoch. Sie zögert kurz und dann nimmt sie seinen Penis in den Mund.
Er lehnt sich genüsslich zurück. Ingo beginnt zu stöhnen.

44. Ingos Wohnung. Wohnzimmer. Morgen.

Die Frau kommt gerade mit ihrem Katzenklo aus dem Bad. Sie stellt es dort ab, wo es am Vorabend gestanden hat. Ingo sitzt in Boxershorts auf der Couch, beobachtet dies

*schweigend und trinkt dabei aus einer Whiskeyflasche.
Die Frau setzt sich gegenüber von Ingo auf den Boden.*

Ingo:
> Ich muss gleich weggehen. Ich treffe mich mit
> meinen Kumpels, um etwas zu besprechen.
> Davor werde ich noch kurz in die Stadt fahren.

Blöde Schlampe:
> Ich dachte du studierst?

Ingo:
> Es sind Semesterferien.

Blöde Schlampe: (lächelnd)
> Ah so! Bringst du mir was mit?

Ingo:(überlegt kurz)
> Ein Kind?

Blöde Schlampe: (lacht)
> Ja!

Ingo:
> Okay!

Blöde Schlampe: (lacht)
> Du bist witzig! Ich mag dich!

Ingo:
> Ich habe doch gesagt, dass wir viel Spaß
> miteinander haben werden.

Blöde Schlampe:
> Also mal ernsthaft! Bringst du mir was mit?

(sieht ihn lieb an)

Ingo: (kühl)
> Ich muss jetzt gehen! Bring mir meine
> Klamotten.

*Die Frau steht auf und geht ins Schlafzimmer, wo Ingos
Kleider am Schrank hängen.*

45. Vor einen kleinen Vorstadtkindergarten. Tag.

*Ingo steigt aus einem alten verrosteten Lieferwagen. Er
trägt ein Hasenkostüm und betritt den Kindergarten.*

46. Im Kindergarten. Tag.

*Der Kindergarten hat nur eine Kindergärtnerin und auch
nur einen großen Raum.*

Ingo:
    Hallo, Kinder!

Die Kinder (etwa 9 Stück im Alter von 3- 5 Jahren; 4 Mädchen, 5 Jungs) sehen ihn erstaunt an. Die Kindergärtnerin ist nicht anwesend.

Michael:
    Wer bist du?
Ingo:
    Was glaubst du denn, wer ich bin?
Jennifer:
    Bist du der Osterhase?
Ingo:
    Fast! Ich bin einer seiner Gehilfen!
Maximiliane:
    Aber der Osterhase hat doch gar keine Gehilfen!
Michael:
    Genau!
Maximiliane:
    Nur der Weihnachtsmann hat einen Helfer!
Michael:
    Das weiß doch jeder!
Ingo:
    Ich bin neu! Ich soll eine Woche vor Ostern zu den Kindern gehen und sie fragen, was sie sich zu Ostern wünschen!
Maximiliane:
    Echt?
Ingo:
    Ja! Also Kinder, dann erzählt mir mal, was ihr euch vom Osterhasen so wünscht.

Ingo setzt sich auf einen der kleinen Stühle und lässt die Kinder der Reihe nach auf seinen Beinen sitzen.

Michael:
    Ich hätte gerne ein Videospiel!
Ingo:
    Okay! Wie ist denn dein Name?
Michael:
    Müsstest du das nicht wissen?
Ingo:
    Wenn du mir deinen Namen nicht sagst, kann ich dem Osterhasen nicht bescheid sagen!

Michael:
    Michael Kaufmann.
Ingo:
    Okay, Kleiner. Hör zu! Draußen steht ein Lieferwagen vor dem Kindergarten. Geh dort hin und steig hinten ein.
Michael:
    Warum?
Ingo:
    Wir machen alle gleich einen kleinen Ausflug!
Michael:
    Zur Werkstatt vom Osterhasen?
Maximiliane:
    Der Osterhase hat doch gar keine Werkstatt!
Michael:
    Und wo hat der Osterhase dann die ganzen Spielsachen her?
Maximiliane:
    Aus`m Internet, du Dummie!
Michael:
    Du bist so blöd! Da muss der Osterhase doch die Sachen bezahlen! So viel Geld hat er doch gar nicht!
Maximiliane:
    Selber blöd! Der Osterhase kann doch kein Videospiel bauen!
Maik: (geht zu Ingo)
    Osterhase!?
Ingo:
    Was?
Michael:
    Kann er wohl! Blöde Gans!
Malte:
    Ich muss Piiiiiipi!
Ingo: (laut)
    Jetzt ist es aber gut, ihr kleinen Scheißer!

Die Kinder erschrecken sich und sehen Ingo an.

Ingo:
    Ihr geht jetzt alle raus zu dem Lieferwagen und steigt hinten ein. Ich komme gleich und dann besuchen wir alle den Osterhasen!

Die Kinder freuen sich und verlassen den Raum. Ingo sieht sich etwas um. Er entdeckt ein elektrisches Messer, das neben einen Marmorkuchen liegt.

Ingo: (leise zu sich selbst)
    Die lassen hier doch tatsächlich die Kinder mit dem Messer alleine.

Die Kindergärtnerin nippt an einer Flasche Bier, als sie den Raum betritt.

Ina:
(erschrocken, hält Flasche hinter den Rücken)
    Wer sind Sie, und wo sind die Kinder?

Ingo:
    Hallo! Ich bin Thorsten Grün. Ich arbeite für den Förderverein dieses Kindergartens.
(er winkt sie bei)
    Hat man Ihnen denn nicht bescheid gesagt, dass ich komme? Ich soll hier den Osterhasen machen.

Ina:
    Heute!?

Ingo:
    Ja!

Ina:
    Und wo sind die Kinder? Ich werde mal bei Frau Schneider anrufen. Moment!

Ina nimmt ihr Handy raus und sieht auf das Display. Ingo greift derweil nach dem elektrischen Messer, packt Ina bei den Haaren und schneidet ihr den Kopf ab. Ingo sieht nach unten und bekommt einen Ständer. Er wirft ihren Kopf beiseite und greift sich ihren restlichen Körper, den er, auf den Rücken, vor sich auf einen Tisch, legt. Dann spreizt er ihre Beine, stellt sich dazwischen und legt sich ihre Unterschenkel über seine Schultern. Dann beginnt er, Sex mit ihm zu haben.

47. Vor dem Kindergarten. Tag.

Ingo verlässt den Kindergarten, zündet sich eine Zigarette an und steigt in den Lieferwagen.

48. Im Lieferwagen. Tag

Ingo öffnet das kleine Schiebefenster zwischen der Fahrerkabine und dem hinteren Bereich des Wagens.

Ingo:
    Seit ihr denn auch alle da?
Alle:
    Ja!

Ingo schließt das Fenster wieder.

Ingo: (zu sich selbst)
    Ja, aber nicht mehr lange!
(lacht; fährt los)
    Ich liebe diesen Film!
(lacht)

49. Alter Steinbruch. Tag.

Der Lieferwagen hält vor einer halb zerfallenen Holzhütte an und Ingo steigt aus. Er geht zur Hintertür und öffnet diese.

Ingo: (zeigt auf einen 3-jährigen Jungen)
    Komm mal her, Kleiner!
Timmy:
    Ja, Osterhase.

Ingo hebt Timmy aus dem Wagen heraus. Dann will er die Tür wieder schließen.

Maximiliane:
    Was machst du denn da?
Ingo:
    Es darf immer nur ein Kind zur selben Zeit zum Osterhasen gehen!
Michael:
    Warum denn das?
Ingo: (atmet tief durch; genervt)
    So allmählich fängst du an mir stark auf die Nerven zu gehen, Kleiner!
Maximiliane:
    Mich nervt er auch schon lange!
Michael:
    Ach, halt doch die Klappe, du Blödian!

Maximiliane:
> Selber!

Ingo schließt die Tür nun und sperrt sie ab. Er stellt Timmy neben sich auf den Boden und nimmt ihn an die Hand.

Ingo:
> Wir gehen jetzt beide in dieses kleine Haus da!

Timmy:
> Haus kaputt!

Sie betreten das Haus und Ingo kniet sich zu dem Jungen runter.

Ingo:
> Wie heißt du denn, mein Kleiner?

Timmy:
> Timmy!

Ingo:
> Okay, Timmy! Warte hier mal kurz. Ich muss noch zurück zu dem Wagen und etwas für den Osterhasen holen! Du bleibst brav hier stehen. Kannst du das schon?

Timmy nickt. Ingo geht aus dem Haus heraus und schließt die Haustür. Er geht zur Beifahrertür, öffnet seinen Koffer und nimmt drei Handgranaten heraus. Dann zieht er die Ringe ab, wirft sie unter den Lieferwagen und läuft schnell hinter die alte Holzhütte. Dann explodieren die Granaten und der Lieferwagen geht in Flammen auf. Ingo betrachtet sich das kurz, dann öffnet er die Hintertür der Holzhütte und winkt Timmy zu sich.

50. Ingos Wohnung. Wohnzimmer. Tag.

Ingo: (ruft)
> Hallo!

Blöde Schlampe
> Hal... Oh! Wer ist denn das?

Sie verdeckt ihre Brust und mit einer Hand verdeckt sie ihre Scharmhaare.

Timmy:
> Wer ist das?

Ingo:
> Das ist eine liebe Tante!

Timmy:
> Hallo, Tante!

Blöde Schlampe:
> Hallo!

Ingo:
> Dort ist die Küche. Warum gehst du dir nicht mal etwas Schokolade aus dem Kühlschrank holen.

Timmy: (begeistert)
> Au ja!

(er läuft in die Küche)

Blöde Schlampe:
> Wo hast du denn das Kind her?

Ingo:
> Setz dich!

Blöde Schlampe:
> Ja!

(sie setzt sich dort auf den Boden, wo sie eben gestanden hat)

Ingo:
> Ich war bis zu meinen 18. Lebensjahr in einem Waisenhaus, weil meine Eltern ermordet wurden, als ich zehn Jahre war.

Blöde Schlampe:
> Das tut mir leid!

Ingo:
> Ich hab dir nicht erlaubt, mich zu unterbrechen! Jedenfalls ist Timmy aus demselben Waisenhaus. Sein bester Freund ... Michael ist vor kurzem unerwartet gestorben und als ich meine alten Betreuer besuchen war, haben die mir von ihm erzählt. Und weil du mir gestern gesagt hast, dass du gerne ein Kind hättest, dachte ich mir, dass wir ihn eine Zeit lang bei uns behalten, bis er die schlimme Sache mit seinem Freund vergessen hat.

Die Frau meldet sich.

Ingo:
> Ja?

Blöde Schlampe:
: Geht das denn? Können wir ihn einfach so hier behalten?
Ingo:
: Ja!
Blöde Schlampe:
: Wieso?
Ingo:
: Die kennen mich schon seit 12 Jahren. Die wissen, dass sie mir vertrauen können.
Blöde Schlampe:
: Und was mache ich, wenn sie zur Kontrolle vorbeikommen? Ich meine ja nur, wegen meiner Lebenseinstellung. Bekommen wir da keinen Ärger?
Ingo:
: Keine Angst, die kommen nicht vorbei!
Blöde Schlampe:
: Wieso?
Ingo: (ernst)
: Willst du diesem Kind nun helfen, oder nicht?
Blöde Schlampe:
: Ja! Und was ist, wenn er zurück ins Waisenhaus geht und denen erzählt, was hier bei uns so abgeht?
Ingo:
: Der Junge ist drei Jahre alt! Der erzählt nichts.
Blöde Schlampe:
: Und wo soll der Junge schlafen? Wie heißt er überhaupt?
Ingo:
: Timmy! Ich werde ihm später ein kleines Bett besorgen, und das stellen wir dann ins Schlafzimmer oder hier ins Wohnzimmer.
Blöde Schlampe:
: Und wie lange wird er bleiben?
Ingo:
: Erst mal zwei Wochen!

Timmy betritt das Wohnzimmer wieder. Um den Mund ist er mit Schokolade verschmiert und den Rest der Schokolade hält er noch in der Hand.

Timmy:
: Die Schokolade ist lecker!

Er stellt sich neben die Frau, die ihm nun über den Kopf streichelt.

Blöde Schlampe:
    Ich würde trotzdem gerne was anziehen, vor dem Kleinen. Apropos anziehen. Was hast du denn da?
(Sie zeigt auf eine Tüte)

Ingo:
    Das ist ein Hasenkostüm, dass ich mir für nächste Woche, für den Kleinen, besorgt habe.
Blöde Schlampe: (glücklich lächelnd)
    Das ist aber süß von dir! Hast du nun auch was für mich, oder nicht?
Ingo:
    Moment! Da habe ich genau das Richtige!

Ingo geht ins Schlafzimmer, öffnet den Schrank und nimmt einen transparenten Body heraus. Dann gibt er ihn der Frau.

Ingo:
    Hier! Zieh das an!

Die Frau zieht ihn an. Es ist ein weißes, transparentes Teil mit der Aufschrift "Play Station" in der Höhe ihrer Brüste und im Bereich Ihrer Schamhaare steht "Eingang".

Blöde Schlampe:
    Danke! Ein guter Mittelweg.
Ingo:
    Ja!
(zu Timmy)
    Möchtest du nun noch etwas bei uns bleiben?
Timmy:
    Krieg ich noch mehr Schokolade?
Ingo:
    Ja!
Timmy:
    Okay!
Blöde Schlampe:
(nimmt Timmy an die Hand)

    Komm mit, Timmy! Wir machen dir den Mund sauber.

Sie dreht sich um und auf ihrem Hintern steht "Exit only" mit einem Pfeil.

Während sie Richtung Küche gehen:

Timmy:
      Du bist lieb, Tante!
Blöde Schlampe:
      Danke, Timmy!
Timmy:
      Bitte schön!
Ingo:
      Ich muss los!

Als Ingo gerade die Haustür öffnet, kommt die Frau aus der Küche zu ihm gelaufen, bedankt sich bei ihm, und gibt ihm einen Kuss. Dann läuft sie wieder zurück in die Küche.

Ingo: (schüttelt den Kopf, lächelt)
      Weiber!

Dann verlässt er die Wohnung.

51. Ingos Wohnung. Wohnzimmer. Tag

Die Frau und Timmy betreten das Wohnzimmer wieder.

Timmy:
      Du, Tante! Ich bin müde!
Blöde Schlampe:
      Möchtest du dich ein bisschen hinlegen?
Timmy:
      Ja!
Blöde Schlampe:
      Da drüben ist ein Bett! Wenn du möchtest, darfst du dich dort ein bisschen reinlegen und schlafen.
Timmy:
      Okay, Tante!

Timmy springt auf das Bett und deckt sich zu. Die Frau sieht ihm lächelnd hinterher. Sie nimmt ihr Handy, das neben dem Katzenklo liegt, und ruft ihre beste Freundin an. Sie nimmt einen Block, der links neben der Couch liegt, winkelt die Beine als Unterlage an, und beginnt, während des Telefonates, vor sich hinzumalen.

Blöde Schlampe: (begeistert)
    Hi! Ich bin's! Stell dir vor, ich habe ich ein Kind!
(andere redet)
    Ohne Scheiß! Ich hab da gestern voll den süßen Typen im Internet kennen gelernt!
(andere redet)
    Er ist groß, schlank, studiert und hat Kohle!
(andere redet)
    Nee, er hat seine eigene Wohnung und ist 23.
(andere redet)
    Ja, ich wohne bei ihm. Er ist genauso, wie ich mir einen Kerl vorstelle!
(andere redet)
    Nein, das ist nicht sein Kind. Er war bis zu seinem 18. Geburtstag im Waisenhaus, weil seine Eltern ermordet worden sind, als er 10 war! Und da hat er heute Morgen seine ehemaligen Betreuer besucht, und da hat er Timmy mitgebracht, weil er ihm so leid getan hat. Sein bester Freund ist vor kurzem gestorben.
(andere redet)
    Vorerst mal für zwei Wochen. Aber mal sehen. So wie ich den Typen einschätze, kann es gut sein, dass wir Timmy adoptieren! Er ist so nett, freundlich und sozial. Er bietet mir all das, was ich brauche! Stell dir vor, er hat sich sogar ein Hasenkostüm gekauft, damit er dem Kleinen nächste Woche den Osterhasen machen kann!
(andere redet)
    Er ist gerade auf irgend so einer Versammlung. Und der Kleine schläft im Nebenzimmer. Du, ich bin ja so glücklich! Ich glaube, dass sich mein Leben seit gestern zum Besten gewendet hat.
(andere redet)
    Oh ja, hatten wir auch schon. Er ist toll im Bett. Seit dem ich bei ihm bin, hatte ich schon fünfmal Sex. Er hat mir ein T-Shirt geschenkt, auf dem Play Station steht!
(kichert)
    Das bin ich!
(andere redet)

> Tja! Ich habe eben das gewisse Etwas, was die Männer anziehend finden!

(andere redet)
> Du, ich muss jetzt Schluss machen! Ich geh noch ein bisschen zu dem Kleinen. Der ist so süß! Den musst du unbedingt mal kennen lernen!

(andere redet)
> Ja, den Großen darfst du auch mal kennen lernen! Aber jetzt muss ich Schluss machen. Ich ruf dich in den Tagen mal wieder an. Bussy!

Sie legt das Handy beiseite und betrachtet sich ihre Zeichnung.
Sie erstellte ein sehr gutes Bild von Ingo, der einen großen Drachen enthauptet hat und nun mit einem Schlüssel ein Schloss aufschließt, das sich an der Tür eines Käfigs befindet, indem sie eingesperrt ist.

52. Altes Gewerbegebiet. Straße. Tag.

Ein betrunkener Obdachloser sitzt auf einem großen Stück Pappe und redet mit sich selbst, als er Ingo vorbeigehen sieht.

Obdachloser:
> Haste etwas Kleingeld?
> HE! Ich rede mir dir!
> Bleib gefälligst stehen - du HURENSOHN!

Ingo bleibt stehen und dreht sich langsam um. Der Obdachlose steht auf.

Obdachloser:
> Ja, du hast richtig gehört! Du bist ein Hurensohn! Man sollte deiner Mutter die Kehle durchschneiden und die verhurte Fotze rausreißen!

Ingo macht drei große Schritte auf den Mann zu und steht nun unmittelbar vor ihm.

Obdachloser:
> Was ist denn nun, du Bastard!?
(er stößt Ingo mit seinem Zeigefinger gegen den Brustkorb)

Da fehlen dir die Worte, was! Ja, alle ficken mit
deiner Schlampenmutter! Alle! Ich auch!
(er macht Gesten, wie er mit einer Frau Sex hat)
So hab ich die alte Schlampe genommen und
dann so und dann noch so! Und weißt du was!?
Dann hab ich ihr in ihr Hurenmaul geschissen!
(lacht)

*Ingo greift in seine Mantelinnentasche, zieht eine
Handgranate heraus und steckt sie dem Obdachlosen in
den Mund. Man hört, wie der Unterkiefer des Mannes
dabei knackt. Die Granate füllt die gesamte Mundhöhle
des Obdachlosen aus. Seine Augen sind weit aufgerissen.
Dann zieht Ingo den Stift raus, winkt dem Mann kurz zu
und geht die fünf Schritte zur nächsten Häuserecke, wo er
auf die Explosion wartet. Dann blickt er auf den Tatort
zurück und geht weiter. Ingo bekommt Halluzinationen
und sieht wieder die Bilder seiner toten Eltern vor sich. Er
fängt heftig an zu weinen.*

53. Lagerhalle im alten Gewerbegebiet. Innen.Tag.

*Es sind zirka 20 Männer im Alter zwischen 20 und 25
Jahren in der Lagerhalle. Alle tragen in etwa die gleichen
Klamotten wie Slides Freunde. Es wird viel geraucht und
getrunken.*

Slide:
Wo bleibt er denn?
Stonehead:
Ich hab Ingo auch noch nicht gesehen!
Monkey:
Der reitet bestimmt noch auf seiner Alten!

*Die Drei grölen. Dann prosten sie sich mit ihren Flaschen
zu und trinken daraus. Dem folgt ein heftiges Rülpsen.
Blümchen kommt dazu. An seinem linken Mundwinkel hat
er etwas Sperma hängen. Die Anderen sehen das.*

Blümchen:
Hab ich was verpasst? - - Was?

Stonehead
Du hast da was an deinem linken Mundwinkel!

Blümchen wischt an seinem rechten Mundwinkel.

Stonehead:
    Das andere links!
Blümchen
    Ach so!

Blümchen wischt es mit seinem Zeigefinger ab, betrachtet sich das Sperma, und schluckt es runter. Die Anderen sind davon angeekelt.

Blümchen:
    Was???
Ingo: (hinter einer großen Kiste stehend)
    Hi!
Stonehead:
    Da ist er ja endlich!

Alle sind still und sehen ihn an.

Ingo:
    Für alle die mich nicht kennen, mein Name ist Ingo Schmitt, und ich bin der Meinung, dass ...

Sechs Neonazis betreten die Halle. Als Ingo aufhört zu sprechen, drehen sich die Anderen um. Ingos Hörer machen den Nazis Platz, als diese zu Ingo nach vorne gehen. „Nazi 3" kratzt sich die ganze Zeit im Gesicht, wo er einen heftigen roten Ausschlag hat, und er trägt zwei Hörgeräte in den Ohren.

Nazi 1: (streng)
    So, dass war's Kollegen! Das ist unsere Halle!
Ingo:
    Wer sagt das?
Nazi 1:
    ICH - - - sage das!

Weiblicher Nazi:
    Zeig`s ihm! Zeig mir, dass ich einen richtigen Mann zum Mann genommen habe!
Ältere Nazi:
    Zeig`s ihm, mein Junge!
Weiblicher Nazi: (ärgerlich)
    Wieso musstest du eigentlich meinen Vater mitnehmen?

Nazi 1:
    He! ER ist auch mein Vater!
Weiblicher Nazi:
    Trotzdem nervt mich der alte Sack!
Nazi 2:
    He! Hört auf über meinen Vater zu lästern!
Ingo:
    Seit ihr jetzt bald fertig?
Nazi 1:
    Halt`s Maul, oder ich stopf es dir!

60-jährige Nazi:
    Kinder, Kinder, Kinder! Jetzt reißt euch aber bitte mal zusammen!
Älterer Nazi:
    Ja, Mutter!
Nazi 1:
    Ja, Mutter!
Weiblicher Nazi:
    Ja, Mama!

Blümchen zündet sich einen Joint an.

Nazi 3:
    He! Drogen können zu psychischen und psychischen Schäden führen! Und was das erst für Folgen für deine Kinder haben kann! Die können missgebildet und blöd werden!
(dreht sich zu seiner Mutter)
    Stimmt`s Mama?
60-jährige Nazi:
(schlägt ihren Sohn an den Hinterkopf)
    Halt`s Maul!

„Nazi 2" schlägt ihm ebenfalls an den Hinterkopf.

Nazi 1:
    He - lass meinen Bruder in Ruhe!

„Nazi 1" schlägt „Nazi 2" an den Hinterkopf. Nun beginnt ein heftiges Gerangel zwischen den Nazis.

Ingo:
    Vorschlag zur Güte!
(er greift nach einer Banane, die am Boden liegt)

Wenn du diese Banane schälen kannst, werden
wir die Halle verlassen. Wenn nicht werdet ihr
euch verkrümeln.

Nazi 1:
    Okay!

*Bevor Ingo dem Nazi die Banane übergibt, zerdrückt er
den oberen Teil der Frucht, ohne die Schale zu
beschädigen, aber stark genug, dass man sie vom Stiel her
nicht öffnen kann. Der Nazi versucht nun fünf Mal
vergebens die Banane zu öffnen.*

Ingo:
    Na?

Alle lachen ihn aus.

Älterer Nazi:
    Na los, mein Junge! Du wirst ja wohl noch so ne
    blöde Banane öffnen können!

Weiblicher Nazi:
    Was bist du doch für ein Weichei!

Nazi 2:
    He! Lass meinen Bruder in Ruhe!
(er schlägt ihr an den Hinterkopf)

Älterer Nazi:
(schlägt Nazi 2 an den Hinterkopf)

    Hör auf deine Schwester zu schlagen!

Nazi 1: (genervt)
    Könntet ihr jetzt endlich mal die Klappe halten?

Ingo:
    Darf ich?

Nazi 1: (zögert)
    Hier!

*Ingo nimmt die Banane und drückt mit seinem Daumen
den unteren Teil der Bananenschale auf und öffnet die
Frucht so. Ingos Freunde klatschen. „Nazi 2", der
weibliche Nazi und der ältere Nazi schlagen „Nazi 1"
gegen den Hinterkopf und alle außer „Nazi 1" machen sich
auf den Weg zum Ausgang.*

Nazi 1: (erbost)
    Sieh ja zu, dass du mir nie wieder über den Weg läufst!

Blümchen baut sich hinter dem Mann auf und tippt ihm auf die Schulter. Der Mann dreht sich um.

Blümchen:
    Gibt's hier ein Problem?

Nazi 1 (verängstigt)
    Nö!

„Nazi 1" folgt den Anderen.

Ingo:
(zündet sich eine Zigarette an)
    So, meine lieben Freunde! Wo waren wir stehen geblieben? Ach ja, ich weiß es wieder! Nachdem ihr mich letzte Woche als Mitglied der "Dirty White Socks" aufgenommen habt ...

Monkey: (ruft)
    Oh shit! Die Bullen!

Drei Polizeiwagen und zwei Kleinbusse fahren vor der Halle vor.

Slide: (ruft)
    Macht das ihr wegkommt!

Die Versammlung ist damit aufgelöst. Die Polizei stürmt die Halle und einige der jungen Männer, inklusive Ingo, verlassen die Halle durch den Hinterausgang. Einige andere, namentlich nicht bekannte Jugendliche, werden verhaftet.

53b. Straße im alten Gewerbegebiet. Tag.

Zwei Frauen kommen Ingo, Stonehead, Slide und Monkey entgegen. Die Männer haben halb volle Whiskeyflaschen in der Hand und Zigaretten im Mund. Die Frauen tragen T-Shirt auf denen "Freiheit für alle Frauen auf der Welt" steht.

Martina:
> Hallo! Wollt ihr auch unsere Initiative für die Gleichberechtigung aller Frauen auf der Welt unterstützen?

Caro hält Monkey ein Flugblatt hin.

Monkey:
> Mehr Freiheit für Frauen?

Martina:
> Ja, Gleichheit und Freiheit.

Caro:
> Wir sind zum Beispiel gegen die von Eltern arrangierten Hochzeiten ihrer Töchter und solche Dinge.

Monkey:
> Gleichheit!? Gibt es denn verschiedene Frauen?

Caro:
> Wie meinst du das?

Monkey:
> Nun ja, ich kenne nur die Standardausführung mit zwei Titten und drei Löchern!

(alle Männer lachen)

Martina:
> Komm wir gehen! Die sind ja total zu gedröhnt. Ekelhaft.

Die beiden Frauen gehen an den vier Männern vorbei.

Monkey:
> He! Wartet doch!

(kichert)
> Es tut mir leid!

Stonehead:
> Ja, kommt wieder zurück!

Die Frauen bleiben stehen und drehen sich um.

Ingo:
> Ja, kommt wieder her. Wir haben es nicht so gemeint!

(leise zu Stonehead)
> Ihr Play Stations!

(beide kichern)

Martina:
> Okay. Aber keinen Scheiß diesmal!

Monkey:
> Keinen Scheiß! Ohne Scheiß!

(kichert)

Martina verdreht genervt die Augen. Ingo und Stonehead halten ihnen ihre Hände entgegen. Caro reicht ihnen zwei Flugblätter.

Monkey:
> Also noch mal. Worum geht es euch bei eurem Anliegen?

Martina:
> Es geht uns darum, dass wir im 21. Jahrhundert leben und es immer noch Frauen gibt, die unterdrückt und deren Menschenrechte missachtet werden.

Monkey:
> Also wollt ihr mehr Rechte und Freiheiten für Frauen?

Martina:
> Ja.

Caro:
> So ist es!

Monkey:
> Wie heißt ihr denn?

Martina:
> Warum?

Monkey:
> Ich weiß immer gerne mit wem ich es zu tun habe.

Martina:
> Martina Leibertz.

Caro:
> Caroline Kirsch.

Monkey:
> Alles klar. Ich hätte da ...

Martina:
> Und wie heißt du?

Monkey:
> Wenn ihr mehr Rechte für Frauen wollt, heißt das doch automatisch, dass wir Männer dann weniger Rechte haben, oder?

Martina:
> Nein! Es geht um Gleichberechtigung. Frauen sollten die gleichen Rechte haben wie Männer!

Monkey:
> Also so was, wie die Freiheit zu heiraten, wen man will!

Caro:
> Genau!

Monkey:
> Ihr wollt also, dass die Frauen die Freiheit bekommen sollen, selbst entscheiden zu können, wer sie schlecht behandelt?

Im Hintergrund wird geschmunzelt. Martina kuckt böse zu den drei Männern.

Caro: (beleidigt)
> Du hast ja eine tolle Einstellung!

Martina:
> Wie primitive Affen sind die!!

Ingo:
> Jetzt lasst aber die Kirche mal schön im Dorf, Mädels. Manchmal ist der Arzt nämlich auch schlimmer als Krankheit.

Einen Moment lang sagt keiner was.

Martina:
> Was soll das denn nun heißen?

Ingo:
> Wer den Himmel auf Erden sucht, hat in Erdkunde nicht aufgepasst!

Caro:
> Was?

Ingo
> Anders. Warum sollten wir Männer ein Interesse daran haben, dass ihr Frauen noch mehr Macht bekommt, als ihr eh schon habt!?

Martina:
> Welche Macht haben wir Frauen denn?

Ingo:
> Ihr macht Männer impotent!

Caro:
> Hä?

Martina:
> Wieso denn das?

Ingo:
> Ja! Gäbe es keine Frauen, gäbe es keine Impotenz!

(Alle Männer lachen)

Martina: (wütend)
> Ich glaub es hackt!

(Sie schmeißt Ingo die Flugblätter vor die Füße)
> Ihr primitiven Primaten! Wenn ihr mir noch einmal unter die Augen kommt, dann werde ich ...

Ingo:
> He! Du bist doch zu mir gekommen, Play Station!

Martina: (wütend)
> Du kotzt mich an. Affen wie du sind es, die mich in meiner Überzeugung, dass ich mich für eine richtige und wichtige Sache einsetze, für die noch sehr viel getan werden muss! Aber eines ist sicher: Ich werde mich solange weiter für die Gleichberechtigung und die Freiheit von unterdrückten Frauen einsetzen, bis solche minderentwickelten Ameisenhirnträger, die die Evolutionslücke zwischen Affe und Ötzi schließen, vollkommen ausgestorben sind!

Monkey:
> Ich würde gerne deine Lücke schließen!

(Alle lachen)

Martina: (wütend)
> Komm, Caro! Wir gehen! Bevor diese Barbaren noch anfangen sich gegenseitig die Läuse vom Kopf zu pulen!

(Sie nimmt Caros Hand und die Beiden gehen zügigen Schrittes weg.)

53b.a. Straße im alten Gewerbegebiet. Tag.

Caro: (kommt wieder zurück zu Ingo; ernst)
> Gott, der die Menschen als Krönung seines Schaffens auf diese Welt gebracht hat, hat alle Menschen gleich geschaffen! Männer und Frauen! Und er wird euch für dieses Verhalten hart bestrafen!

(Alle Männer außer Ingo kichern.)

Ingo:
: Du glaubst an Gott?

Caro:
: Ja!

Ingo:
: Und du glaubst ernsthaft, dass Gott alle Menschen gleich gemacht hat?

Caro:
: Ja!

Ingo:
: Und was ist mit den Behinderten? Es gibt Menschen, die ohne Arme und Beine zur Welt kommen! Es gibt Menschen, die kommen blind zur Welt, welche die taub geboren werden, und so weiter. Willst du ernsthaft behaupten, dass diese Menschen die gleichen Chancen haben, wie
(er macht eine Gänsefüßchen Geste)
die "Normalen"?? Bist du echt so naiv?

Caro: (die gleiche Gänsefüßchen Geste machend)
: Es gibt keine "normalen" und "unnormalen" Menschen. Vor Gott sind alle Menschen gleich!

Ingo:
: Vor Gott! Und was ist mit den Anderen? Diejenigen, die nicht an Gott glauben? Die einer anderen Religion angehören?

Caro:
: Gott, der Gott an den ich glaube, kümmert sich um alle Menschen und gibt jedem Menschen, dass was er für Gerecht hält.

Ingo:
: Na dann hast du ja keine Probleme in deinem Leben.

Caro:
: Wieso?

Ingo:
: Glaubst du, dass alles hier ein Teil von Gottes Plan ist? Dass das alles hier ein Teil des großen Ganzen ist?

Caro:
: Ja.

Ingo:
: Dann glaubst du auch nicht, dass der Mensch sein Schicksal selbst in der Hand hat! Du

glaubst, dass alles was passiert, alles was Menschen tun oder sagen von Gott geplant ist! Das würde doch bedeuten, dass alles was wir tun von Gott geleitet ist. Niemand ist Herr über seine Worte, seine Gedanken und sein Handeln. Das bedeutet, wenn jemand ein Minderleister ist, so ist es der Wille Gottes. Soll dieser Mensch dann in die Kirche gehen, vor dem Kreuz niederknien und dem Herrn Himmel hoch jauchzend danken? Wenn ein 2-jähriges Kind angeschossen wird, darf der Täter nicht verurteilt werden, weil es Gottes Wille ist, dass er dieses Verbrechen vollzogen hat. Und das Kind, dass vielleicht sein ganzes Leben lang mit den Folgen des Angriffs zu leben hat, soll es sich bei Gott dafür bedanken? Erwartest du, dass dieses Kind, dass seine Familie, an Gott glauben? Dass sie jeden Sonntag in der ersten Reihe in der Mitte sitzen und glücklich sind?

(Caro schweigt.)
    Nun?
(Caro schweigt.)
    Was legt dein Gott dir jetzt für Worte in den Mund?
(Caro schweigt.)
    Du weißt ja, dass wenn ich jetzt gewinne, dann stellt dies deine gesamte Theorie in Frage!

(Caro schweigt; Sie dreht sich weg und geht. Ingo ballt eine Faust.)
    Jou! Ingo 1, Gott 0!

Monkey:
    Die hast du aber fertig gemacht!
(lacht)
Ingo:
    Man hatte die Feuer unter der Haube!
(grinst)
    Die wär was für meinen Game Boy!
(Monkey und Ingo klatschen sich ab)
    Komm, wir besaufen uns!

(Alle grölen)

54. Vor Ingos Wohnung. Nacht.

Ingo, Slide, Monkey und Stonehead wanken völlig stoned, aber glücklich an dem Haus vorbei, in dem Ingo wohnt.

Slide: (lallt)
      Das war ja echt Spitze, als der Nazi das Banane nicht aufbe ... aufbe ... die blieb zu!
(lacht)

Stonehead:
      Hat einer von euch noch nen Joint?
Ingo:
      Jepp!
Slide:
      Sagte ich grad „das Banane"?
Stonehead:
      Was hast du gesagt?
Slide: (zögert)
      Keine Ahnung.
(alle lachen)

Die Drei erreichen nun das letzte Haus in dieser Straße.

Ingo: (benommen)
      Wo ist denn mein Haus?
Stonehead:
      Das hast du weggesoffen, Alter!
(alle lachen)

Slide: (lallt)
      Apfelmus mit Stückchen!
Stonehead:
      Was?
Slide:
      Ich kotze gleich Apfelmus mit Stückchen!
(fängt an sich zu übergeben)

Stonehead:
      Ist ja eklig!
Ingo: (jammert)
      Wo ist denn mein Haus? Mein Haus ist weg!
Stonehead:
      Das ist nicht weg! Das ist nur woanders!
Ingo:
      Aha! Und wo?

Slide: (lallt)
>Und wo?

Stonehead:
>Dort - wo es immer ist! Häuser können nicht laufen!

Slide: (lallt)
>Häuser können nicht laufen, hast du gehört, Ingo! Da ... da hat ...

(er übergibt sich wieder)

Ingo:
>Der ist ja völlig im Arsch!

Stonehead:
>Du sagtest doch, dass du noch einen Joint hast!

Ingo:
>Hier!

(gibt ihm einen Kugelschreiber)

Stonehead:
(steckt ihn in den Mund; und hält ein Feuerzeug dran)
>He! Alter! Das ist ein Kugelschreiber!

Slide:
(greift nach dem Stift und betrachtet ihn sich)
>Stimmt!

Ingo:
>Ihr habt Probleme! Ich finde mein Haus nicht mehr und ihr labert hier nur rum!

Stonehead:
>Ooooch, findet das kleine Baby sein Haus nicht mehr!

Slide:
>Chicken McNuggets!

Stonehead:
>Kotzt du die jetzt als Nächstes?

Slide:
>Nee. Die geh ich jetzt essen!

Slide marschiert auf einen dunklen LKW zu und läuft dagegen. Stonehead lacht laut und hemmungslos los. Slide steht auf und hält sich seine stark blutende Nase fest.

Stonehead:
>Hast du das gesehen, Alter? Das war die Härte!

Ingo: (ruft)
>Mein Haus ist weg!

(er lässt sich auf die Knie fallen und schreit)
>Mein Haus ist weg!

Slide marschiert an den Beiden vorbei, zurück zu dem Haus, indem Ingo wohnt. Ingo und Stonehead folgen ihm.

Ingo: (glücklich)
>Da ist es ja! Mein Haus! Slide, du hast es gefunden!

Slide: (lallt)
>Jou, Alter!

Slide fällt in Ohnmacht. Stonehead hebt ihn wieder auf und legt Slides Arm um seine Schulter.

Stonehead:
>Ich bring ihn besser nach Hause!

Ingo:
>Mein Haus!

(er umarmt die Tür)

Stonehead:
>Du sagtest doch, dass du noch einen Joint hast!

Slide:
>Stimmt!

Ingo:
(gibt ihm den Joint)
>Hier!

Stonehead:
>Jou, Alter! Bis morgen!

Slide:
>Apfelmus mit Stück ...

(er übergibt sich über Stoneheads Hand, in der er den Joint hält)

Stonehead:
>Boooah, Alter!

54a. Vor Ingos Haus. Nacht.

An Monkey geht ein Transvestit vorbei, der wie Cher aussieht.

Monkey:
>Cher!

Stonehead:
>Was?

Monkey:
>Das ist Cher! Cher ist hier in unserer Stadt!

(Er sieht ihm nach, wie er die Treppe zur öffentlichen Toilette runter geht.)

>Und Sie geht in unserem Viertel pissen!

Stonehead:
>Warte, das ist ...

Monkey rennt ebenfalls die Toilettetreppe hinunter.

54b. Öffentliche Toilette. Innen. Nacht.

„Cher" will gerade die Tür der Toilettenkabine schließen, als Monkey von außen dagegen drückt und die Kabine ebenfalls betritt. Dann schließt er die Tür.

Cher:
>He! Was soll ...

Monkey
>Oh, Cher!

(stöhnt; begeistert)
>Du bist so eine geile Tussi!
>Komm schon, mach's mit mir! Wehr dich doch nicht!

Cher:
>Okay, wenn du willst!

(kichert)

Monkey: *(begeistert)*
>Oh ja, Cher! Na los, lass mich deine Brüste anfassen! Oh ja, die sind so weich! So geil, komm blas mir einen!

(beginnt zu stöhnen)
>Oh ja, Cher! Du bist die Geilste!

Cher:
>Und nun bist du dran!

Monkey: *(begeistert)*
>Okay, du geile Sau! Komm dreh dich um! Oh ja! Lass dein Kleid an! Ich hebe es einfach etwas hoch. Oh man, bin ich scharf!

>   Oh, Cher!
>   Oh ...
> *(erschüttert)*
>   Cher?
>   Oh, Cher!?

Man hört draußen, dass er sich übergibt; Monkey öffnet die Tür und rennt weg. „Cher" hat einen großen Kotzfleck am Dekolletee und im Bauchbereich des Kleides.

Cher:
(während er sein Kleid mit etwas Toilettenpapier abtupft; verärgert)
>   So ein asozialer Rüde!

55. Ingos Wohnung. Schlafzimmer. Nacht.

Ingo öffnet die Haustüre, schaltet das Licht im Wohnzimmer ein und begibt sich dann in den Türrahmen des Schlafzimmers, wo er stehen bleibt.
Ingo betrachtet die Frau und Timmy, die beide zusammen, in der Fötusstellung, friedlich auf dem Bett liegen und schlafen.
Ingo bekommt Halluzinationen:
Er sieht, wie seine Mutter ihn früher zu Bett gebracht und ihm ein Schlaflied gesungen hat, dann sieht er wie sein Vater mit ihm Fußball spielt, und wie stolz seine Eltern auf ihn waren, als er seine erste Eins von der Schule nach Hause gebracht hat.

Ingo sieht, wie seine Schwester sich hinter dem Busch übergibt, und wie ihr Freund seinen Vater bedroht. Dann sieht er die Gesichter seiner toten Eltern vor sich.

Ingo kommt wieder zu sich.

Ingo geht zu dem Nachttisch, auf dem die Einladung liegt, nimmt sie und begibt sich zum Schrank.

Ingo: (ernst; leise zu sich selbst)
>   ANNA!

Ingo schließt seinen Mantel und dann eine Schranktür. Danach verlässt er seine Wohnung wieder.

56. Annas Haus. Haustür. Nacht.

Es klingelt an der Haustür. Stefan kommt aus dem Wohnzimmer und geht zur Tür.

Währenddessen:

Stefan:
        Das müssen sie sein!

Er sieht durch den Spion - es ist niemand zu sehen. Stefan dreht sich zu Anna um.

Anna: (steht im Türrahmen zwischen Flur und Wohnzimmer)
        Und, wer ist es?
Stefan: (sieht noch mal durch den Spion)
        Niemand zu sehen!

(es klingelt erneut)

Anna:
        Mach auf!
Stefan
        Wie du meinst!

Als Stefan die Tür öffnet, stürmt ein in einer schwarzen Kutte gekleideter Mensch die Wohnung und schreit. Anna und Stefan bekommen Angst und schreien ebenfalls. Dann betritt Hanna die Wohnung und lacht. Kurz darauf nimmt Manfred die Kapuze von seinem Kopf und stellt sich neben seine Frau. Beide lachen Anna und Stefan aus.

Anna: (erleichtert)
        Man! Hab ich mich erschreckt!
Stefan: (tief durchatmend)
        Oh man! Ich glaub, ich krieg einen Herzinfarkt!
Manfred: (lachend)
        Du hättest dein Gesicht sehen sollen!
Hanna: (lachend)
        Herrlich!
Stefan:
        Also, wenn du das noch einmal machst, kündige ich dir die Freundschaft!
Manfred: (lachend)
        Oooooch!

Anna:
    Kommt rein!
Hanna: (ihr Lachen unterdrückend)
    Ich häng nur noch unsere Jacken auf!
Anna:
    Wo habt ihr die Kutte denn her?
Manfred:
    Die ist von Fasching übrig geblieben.
Hanna:
    Wie laufen die Vorbereitungen für Svens Kommunion? Habt ich schon alle Einladungen verschickt?
Anna: (böse auf Stefan sehend)
    Sogar mehr als das!
Stefan: (genervt)
    Ja, ja!
Manfred:
    Hängt der Haussegen etwas schief?
Stefan:
    Das erklär ich dir später. Jetzt kommt erst mal rein.

Die Vier betreten das Wohnzimmer und schließen die Wohnzimmertür hinter sich.

57. Annas Haus. Wohnzimmer. Nacht.

Die Vier sitzen um den Wohnzimmertisch und spielen Tonga. Die Uhr im Hintergrund zeigt 00:17 Uhr. Dann klingelt es erneut an der Haustür.

Stefan:
    Wer kann das denn sein?
Hanna:
    Es ist nach Mitternacht.
Anna:
    Vielleicht ein Nachbar!?
Stefan:
    Ich seh mal nach.

Er steht auf, verlässt den Raum und schließt die Wohnzimmertür hinter sich. Kurz darauf kommt er mit Ingo wieder ins Zimmer zurück.
Ingo schließt die Wohnzimmertür. Anna ist fassungslos.

Ingo: (kühl)
> Hallo - - - Anna!

Hanna:
> Wer ist das?

Stefan:
> Das ist Ingo! Annas Bruder!

Manfred:
(schüttelt Ingo die Hand)

> Guten Abend!

Hanna:
> Guten Abend!

Ingo:
> Hallo!

Stefan:
> Setz dich doch! Das sind Hanna und Manfred. Zwei gute Freunde von uns. Wir spielen grad ne Runde Tonga! Kannst ja mitspielen, wenn du willst!

Anna:
(wirkt geistig abwesend)

> Was willst du hier - - - - Ingo?

Ingo:
> Dich besuchen - - - - Anna!

Anna:
(geistig abwesend)

> Warum?

Ingo:
> Ich habe einen Brief von euch bekommen und da dachte ich, dass ich mal vorbei schaue!

Anna: (abwesend)
> Um diese Zeit!?

Ingo:
> Ich war zufällig in der Gegend und ich sah, dass noch Licht bei euch brennt. Und dann dachte ich mir, dass ich einfach mal klingle!

Anna sieht zum Fenster und erkennt, dass der Rollladen geschlossen ist. Sie bekommt Angst.

Stefan:
> Das war eine gute Entscheidung, Ingo! Wir freuen uns sehr, dass du uns mal besuchst!

Hanna: (leise zu Manfred)
> Ich wusste gar nicht, dass sie einen Bruder hat.

Manfred: (leise zu Hanna)
    Ich auch nicht.
Anna: (verängstigt)
    Was willst du, Ingo?
Ingo:
    Vergessen!

Ingo öffnet seinen Mantel und zieht eine Harpune raus. Diese richtet er auf Manfred, der sich schützend vor seine Frau stellt. Ingo drückt ab und durchbohrt sie beide. Dann lässt er die Waffe fallen, greift Stefan am Kopf und schlägt ihn gegen die Wand. Stefan wird bewusstlos und fällt auf den Boden. Dann nähert er sich seiner stark verängstigten Schwester.

Anna: (weinend; ängstlich)
    Ingo. Nein! Lass mich!
Ingo: (kühl, ernst)
    Nein!
Anna: (weinend; ängstlich)
    Ich konnte doch nichts dafür! Ich habe ihnen
    nicht gesagt, dass sie unsere Eltern töten sollen!
Ingo: (ernst, kühl)
    Ich werde deine Pulsadern aufschneiden und
    dein Blut lecken!
Anna: (weinend; ängstlich)
    Nein, Ingo! Lass mich! Bitte!

Ingo: (kühl, ernst)
    Dann werde ich dich vergewaltigen!
Anna:
(sinkt weinend auf den Boden und hält sich die Hände vors Gesicht)
    Neeeein!
Ingo: (kühl, ernst)
    Dann wirst du mir dabei zusehen, wie ich
    deinen Mann töte!
Anna: (verzweifelt, weinend)
    Neeeein!
Ingo: (kühl, ernst)
(steht nun vor ihr)
    Und dann werde ich DICH töten!

Ingo greift nach ihrem Arm.

Anna: (schreit)
    Neeeeeeeeeeeeeein! Iiiiiiiiiiiiiiiiingo!

Zuerst macht sie sich steif und als sie merkt, dass es nichts bringt, beginnt sie um sich zu schlagen und zu treten. Dabei schreit sie weiter. Ingo hält sie mit einer Hand fest und mit der Anderen greift er nach seinem Dolch in der Mantelinnentasche. Anna schreit immer lauter. Ingo holt aus und schneidet ihr durchs Gesicht. Anna hat einen Schock. Sie wehrt sich nicht mehr und sieht zu ihrem Bruder auf. Dieser sieht zu Anna runter. Beide verweilen einen Moment in dieser Position.

Anna: (ganz leise; weinend)
    Ingo! - - - - - Warum?
Ingo: (ernst, kühl)
    Ich will vergessen! Es muss ein Ende haben!

Ingo steckt den Dolch wieder weg und nimmt ein daumendickes, etwa 30 cm langes Seil aus seiner Manteltasche und würgt Anna damit, indem er es einmal um ihren Hals wickelt, die Enden übereinander legt und es mit einer Hand festhält. Dann packt er Anna an ihrem rechten Arm und zieht sie gegen die Rückenlehne der Couch. Er hebt ihren Rock hoch, reißt ihr den Tanga vom Körper und führt seinen steifen Penis in ihren Po ein. Mit der anderen Hand würgt er sie weiter, sodass sie sich nicht gegen das Tun des Mannes wehren kann. Ingo stöhnt immer lauter und Anna ist langsam am ersticken. Nach einer Weile ist Anna zu schwach und hört auf sich zu wehren. Sie röchelt und weint nur noch. Die Gelegenheit nutzt Ingo, um mit seiner freien Hand nach dem Dolch zu greifen und die Schwester, während er Sex mit ihr hat, ein paar Mal in den Rücken und den Po zu stechen.
Er steckt den Dolch wieder weg und beginnt damit ihr Blut von ihrem Körper zu wischen. Dabei sagt er immer wieder, wie geil er das alles findet und wie sehr es ihn anturnt, mit seiner Schwester Sex zu haben. Langsam läuft sie rot-blau an und Ingo hat einen Orgasmus.
Er lässt seine Schwester, nachdem er sein Sperma auf ihren Po gespritzt hat, los und geht zu Stefan, der immer noch bewusstlos auf dem Boden liegt. Anna hängt so gut wie tot über der Rückenlehne der Couch und beobachtet das Ganze.

Ingo: (kühl, ernst)
Nachdem du nun erfahren hast, was Schmerz ist, sollst du als Nächstes erfahren, was es bedeutet, die Menschen zu verlieren, die einem am meisten auf der Welt bedeuten!

Anna kann darauf nicht mehr reagieren. Sie hängt nur da und beobachtet alles mit blutigem Gesicht. Ingo nimmt Stefan und legt ihn auf die 3-Sitzer Couch. Dann setzt er sich auf dessen Beine und zieht seinen Dolch hervor. Er hebt Stefans Pullover hoch und sticht mit dem Dolch durch sein Herz.
Anna beginnt erneut zu heulen.
Ingo schneidet nun Stefans Pulsadern auf und dann ritzt er mit dem Dolch ein großes (kirchliches) Kreuz auf dessen Bauch.
Danach steigt er von der Leiche runter und geht wieder zu Anna. Diese richtet sich auf und ist stark wackelig auf den Beinen. Mit ihrem linken Arm stützt sie sich an der Couch ab.

Ingo: (kühl, ernst)
Was ist das für ein Gefühl? Wenn man sieht, wie Menschen, die man liebt, einfach getötet werden?

Anna redet unverständliches Zeug.
Ingo schlägt ihr ins Gesicht und Anna fällt auf den Boden. Ingo kniet sich über sie.

Ingo:
Anna - wir sehen uns in der Hölle!

Ingo sticht ihr mit dem Dolch durch den Hals.

Ingo steht auf und verlässt den Raum.
Gerade als er den Eingangsbereich betritt, kommt Sven die Treppe herunter.
Ingo bemerkt ihn nicht, als er das Haus verlässt.
Der Junge betritt das Wohnzimmer und entdeckt seine toten Eltern.
Geschockt läuft er zur Tür und sieht Ingo hinterher.

58. Am Fluss. Nacht.

Ingo steht am Flussufer und wirft seinen Mantel mit allen Waffen ins Wasser. Dann geht er weiter.

59. Altes Gewerbegebiet. Straße. Nacht.

Ingo nimmt eine ungeöffnete Zigarettenschachtel, sieht sie kurz an und wirft sie dann in eine Pfütze, die sich neben ihm befindet. Dann geht er weiter.

60. Ingos Wohnung. Schlafzimmer. Nacht.

Ingo betrachtet sich die Frau und Timmy, die in der Fötusstellung im Bett liegen und schlafen. Ingo lächelt und zieht sich aus.

60a. Ingos Wohnung. Schlafzimmer. Nacht.

Ingo sieht die Brieftasche der Frau, aus ihrer Handtasche herausschauen, nimmt diese in die Hand, öffnet sie und sucht ihren Personalausweis. Als er ihn findet, hält er ihn ins Licht und ließt ihren Namen: Sabrina Patricia Becker-Emmerich.
Ingo lächelt erneut.
Er legt den Personalausweis und die Brieftasche wieder dorthin, wo er sie herhat, und legt sich zu den Beiden ins Bett.

Ingo:
    Gute Nacht, Sabrina!
(küsst sie in den Nacken)

61. Ingos Wohnung. Schlafzimmer. Nacht.

Die Drei schlafen in Löffelchenstellung.

62. Ingos Wohnung. Schlafzimmer. Nacht.

Die Frau wird wach. Sie spürt, dass Ingo hinter ihr liegt, und dreht sich um. Sie lächelt.

Sabrina: (leise)
    Du bist das Beste, was mir je passiert ist!

Sie gibt ihrem Zeigefinger einen Kuss und drückt ihn dann auf Ingos Lippen.
Dann dreht sie sich wieder um und schläft weiter.
Kurz darauf öffnet Ingo seine Augen.

Er bekommt eine Halluzination, in der er seine tote Mutter vor sich im Bett liegen sieht ...

Ende.

24.03.05 / 18.07.12

Hendrik Jakobsen

Prinzessin Leonie I

Ich bin Prinzessin Leonie.
Jeden Morgen wache ich glücklich auf.
Jeden Morgen, wenn ich aufwache, kommt meine Mama zu mir und drückt mich. Auch mein Papa lässt es sich nicht nehmen, jeden Morgen, bevor er zur Arbeit geht, ganz viel Zeit mit mir zu verbringen.

Ich bin sieben Jahre alt, habe dunkelbraune Haare und wunderschöne Prinzessinenaugen, sagt meine Mama.

Am liebsten spiele ich mit meinen Puppen. Irgendwann möchte mich mal Kinder haben. Sieben Stück.

Morgens, wenn ich aufwache, und wenn dann die Sonne scheint, bin ich so glücklich. Dann rufe ich meine Mama und sie kommt zu mir in mein Zimmer. Dann gehen wir ins Bad, und sie bürstet mir meine Haare. Dabei zählen wir dann immer zusammen bin 50. Fünfzig Mal bürstet sie die linke Seite und danach die andere Seite.

Danach essen wir was und ich trinke meine Milch – denn Milch ist gesund und gut für mich – sagt meine Mama.

Wenn ich satt bin, gehen wir spielen.

Manchmal spiele ich mit meinem besten Freund auf der Welt, das ist Max. Eigentlich heißt er Maximilian, aber seine Mama nennt ihn Max. Er kommt meistens mit seiner Mama zu meiner Mama und dann spielen wir zusammen. Wenn schlechtes Wetter ist, bleiben wir zu Hause, und bei schönem Wetter gehen wir in den Park. Meine Mama muss nämlich nicht arbeiten gehen. Papa verdient gaaanz viel Geld, damit Mama immer bei mir sein kann.

Ich wäre froh, wenn ich auch viel Geld verdienen könnte, aber das geht leider nicht. Obwohl meine Mama immer zu mir sagt und der Papa bestätigt das, dass ich alles machen kann!!

Ich bin halt ihre kleine Prinzessin – Prinzessin Leonie :-)

Heute kommen wieder alle zu mir – um mich zu drücken und lieb zu halten, denn meine Mama hat gesagt, dass wir heute zum Doktor gehen, der hat mich nämlich letzte Woche untersucht, und gesagt, dass ich einen Tumor im Kopf habe, und deshalb gehen wir heute nochmal dorthin und dann werde ich ganz lange schlafen.

Ich hoffe nur, es wird nicht zu lange sein, denn mit sieben Jahren habe ich den größten Teil meines Lebens bereits gelebt – als Neufundländer.

Hendrik Jakobsen

3 6 5   1 Tag – 1 Mord

Anfang

Eigentlich dachte ich immer, ich wäre besser, als all die Leute um mich herum. Eigentlich dachte ich, dass ich ein erfolgreiches Leben führen werde. Eigentlich war ich immer froh, dass ich wusste, dass ich nicht so bin, wie all die Menschen, die mein soziales Umfeld darstellen.
Ich habe mein Abi gemacht, habe studiert und einen Job, der mir gut gefällt und einiges an Geld einbringt.
Trotzdem ist irgendwann in meinem Leben wohl irgend-etwas schief gelaufen.
Eigentlich hätte es mir schon viel früher auffallen müssen. Eigentlich hätte ich schon viel früher gegen-steuern müssen. Vielleicht wäre dann alles

besser gelaufen. Aber wer kann das schon sagen!? Es ist so, wie es ist. Man kann das Geschehene nicht rückgängig machen. Will ich das denn auch überhaupt? Was wäre wenn!? Und was wäre wenn nicht? Wenn ich damals nicht das schnellste Spermium gewesen wäre!? Oder wenn mein Vater im Tagebuch meiner Mutter gelesen hätte, dass sie eigentlich jemand anderen liebte, und sie nur nicht den Mut hatte, es ihm zu sagen! Dann gäbe es mich vielleicht gar nicht! Was wäre dann aus mir geworden? Hätte es dann jemand anderen überhaupt gegeben? Und wie hätte sich das dann alles verändert? Ich weiß es nicht.
Eigentlich ist es auch egal.
Es ist, wie es ist. Es wird schon für irgendwas gut sein, und wenn es tatsächlich so was wie einen Gott gibt, wird er sich schon was dabei gedacht haben, jemanden wie mich in die Welt gesetzt zu haben.
Vielleicht bin ich ja eine extreme Form seiner Rache!?
Wer bin ich, dass ich den Willen Gottes hinterfragen sollte!?
Sollte das überhaupt jemand machen?
Ich glaube eigentlich nicht an Gott. Wobei ich zugeben muss, dass ich hierbei genauso ein Heuchler bin, wie die meisten anderen Menschen auch. An wen wendet man sich in schwierigen Situationen? Wenn die Lage aussichtslos erscheint!? An Gott. Man faltet die Hände und spricht mit diesem Wesen über den Wolken, dass alles und jeden in sieben Tagen erschaffen hat – wenn man Christ ist.
Ich gebe mich also – wie so viele andere Atheisten auch – gerne der Illusion hin, dass es da etwas

gibt, das uns hilft, wenn wir uns vermeintlich nicht mehr selbst helfen können, oder vielmehr, wenn wir es nicht mehr wollen. Dann ist Gott gerade gut genug, diese Dinge für uns zu regeln.

Aber was glaube ich nun?
Ich glaube, dass uns nach dem Tod ein unendlich langes Nichts erwartet. Leider übersteigt die Vorstellung eines Nichts meinen Verstand. Ich kann das einfach nicht begreifen – ich kann es nicht spüren.
Das macht mir Angst.
Ursache dieses „Leidens" war, dass ich 2001 eine sehr gute Freundin verloren habe. Sie lief nach einem Konzertbesuch über eine Fußgängerampel und wurde dort überfahren.
Stellen Sie sich vor, Sie wollen gleich zum Supermarkt gehen und nehmen Ihren Partner mit. Sie überqueren eine Straße und da sie – aus welchen Gründen auch immer – vorgegangen sind, überqueren Sie die Straße kurz vor dem geliebten Menschen.
Plötzlich hören Sie ein Quietschen, Sie drehen sich um, und ihr Partner liegt 20 Meter entfernt auf dem Boden und ist tot!
Ein unbegreiflicher Moment. Man sieht es – aber man kann es in diesem Moment einfach nicht realisieren.
Würde meine Freundin heute an der Tür klopfen und so was sagen wie:
»Hallo, da bin wieder!«
dann würde mir das in gar keinem Fall seltsam vorkommen.

Okay, ich gebe zu, dass diese Einstellung wohl auch ein Teil meiner psychischen Probleme darstellt, aber so bin ich nun mal.

Das Werk Gottes!?

Zurück zum Thema.
Als ich an jenem Abend nach Hause kam – ich lebte damals noch bei meinen Eltern – legte ich mich in mein Bett und schloss meine Augen. Ich versuchte mir vorzustellen, dass ich nun auch sterben würde. Ich versuchte mir den Moment nach dem Dahinscheiden greifbar - begreifbar - zu machen.
Dies gelang mir nicht.
Seit jenem Tag im Jahr 2001 habe ich nun das Problem, dass ich, sobald ich alleine bin, oder in sonst einer Form meinen Gedanken nachhänge, immer wieder DIESES Gefühl habe. Dieses Gefühl nicht zu wissen, wie es ist, wenn man stirbt. Es macht mir Angst. Viel Angst.
Eigentlich (ich benutze das Wort mit Absicht so oft!) stellt diese Furcht alles in meinem Leben in Frage.
Hat es überhaupt einen Sinn!?
Ich sehe das so: Der wichtigste Moment im Leben eines Menschen ist immer die Gegenwart.
Die Gegenwart ist die Summe all dessen, was ich in meinem Leben bisher getan habe, und was mir bisher widerfahren ist.
Ist die Gegenwart gut, ist das Leben gut!
Okay, das ist etwas simpel, da man auch einen guten oder einen schlechten Moment haben kann, und das Leben trotzdem gut oder schlecht sein

kann. Aber das meine ich nicht. Ich rede hier vom Großen und Ganzen.

Demnach, so denke ich mir, ist der letzte Moment im Leben eines jeden Menschen der Wichtigste. Sagt man sich hier „alles Mist" oder „hätte ich dieses oder jenes besser anders oder gar nicht getan", was hatte man dann für ein Leben? Man geht mit einem schlechten Gefühl!

Und wohin?

Man weiß es nicht!

Ich bin übrigens 1979 im Saarland geboren worden. Aber das nur nebenbei.

Nun zurück zum Sinn der Existenz.

Eigentlich bin ich der Meinung, dass der Sinn des Lebens darin besteht, dass man sich eine Frau sucht und mit dieser mindestens zwei Kinder zeugt, damit man seinen Beitrag dazu leistet, dass die Rasse weiter bestehen kann.

Gibt's sonst noch was?

Nö!, eigentlich nicht!

Man betrachte sich das Tierreich. Was tun Tiere? Essen, schlafen, Nachkommen zeugen, diese dazu bringen, dass sie selbst Nachkommen zeugen können, und dann - dann wird brav gestorben.

Das ist der Kreislauf des Lebens (vereinfachte Darstellung).

Und was ist mit uns Menschen? Sind wir nun Tiere, oder nicht? Streng genommen ja, wenn man davon ausgeht, dass wir alle Lebewesen sind. Nur sind es wir Menschen, die sich von den anderen Lebewesen abheben, indem wir sagen, dass wir Menschen sind und Menschen sind keine Tiere! Ganz im Gegenteil. Tiere sind Sachen. Sachen wie ein Stuhl oder ein Tampon.

Sind Menschen wie Tampons?

Nein!
Also sind Menschen keine Sachen und demnach auch keine Tiere!

Menschen sind besser!

Menschen leben anders als Tiere und haben auch eine andere Lebenseinstellung und einen anderen Umgang miteinander als Tiere oder Tampons.
Wir haben eine Gesellschaft! Einige Tiere aber auch.
Wir haben eine Gesellschaft mit Werten. Haben z. B. Ameisen das nicht? Keine Ahnung.
Wir entwickeln uns immer weiter. Wir werden immer fortschrittlicher und besser.
Haben wir das den Tieren voraus? Ich bin kein Biologe und weiß es deswegen auch nicht. Sind Beagle heute anders als vor 200 Jahren? Keine Ahnung. Ist das wichtig für uns?
Eigentlich nicht.
Aber wir müssen aufpassen!
Die Tampons sind besser geworden. Die haben sich weiterentwickelt.
Aber ich denke, da wir es sind, die die Evolution der Tampons vorantreiben, sollte diese eher keine Gefahr für uns als dominierende Spezies auf diesem Planeten darstellen.
Es ist wohl eher so, dass sie befürchten müssen, mit uns unterzugehen, wenn wir zum Höhepunkt unserer Entwicklung alles in die Luft sprengen.
Aber nun genug von Tampons. Darum geht es hier nicht.

Es geht ja um uns. Die Menschen. Jeder Mensch sollte also zusammen mit einem Partner

Nachkommen zeugen, damit die Rasse weiterhin bestehen kann.
Habe ich Kinder? Nein, habe ich nicht. Warum? Weil ich keine Frau habe.
Jetzt denken Sie bestimmt: Aha! Das ist es! Hätte er eine Frau, würde er auch nicht auf so blöde Gedanken kommen, weil er dann was Besseres zu tun hätte. Vielleicht müsste ich dann ausgerechnet jetzt gerade ein Bild aufhängen, Geschirr spülen oder tapezieren.
Es ist aber nicht so, dass ich keine Frau habe, weil sich keine dazu herabgelassen hätte, sich meiner anzu-nehmen.
Es ist vielmehr so, dass ich Frauen grundsätzlich auf Distanz halte und sie nur bis zu einem gewissen Punkt an mich heranlasse. Dann gehen die Beziehungen kaputt.
Schade – aber wahr.
Die Frage, die sich nun stellt, ist die, ob ich dadurch nicht meine Daseinsberechtigung als Mann, oder gar als Mensch, verliere, wenn ich mir keine Frau suche, und mit der mindestens zwei Kinder zeuge und erziehe. Ich werde wohl nie beziehungsfähig sein und deswegen wohl auch nie Kinder haben. Somit ist nach der oben aufgestellten These, dass ein Menschleben nur dann einen Sinn hat, wenn man seine „Pflicht" der Rasse gegenüber erfüllt, von mir nicht erfüllt.
Mein Leben hat keinen Sinn!
Traurig, aber wahr.

Nun aber mal zu dem, weshalb wir alle hier sind.
Neben vielen, vielen Fragen, die mich so den ganzen Tag beschäftigen und meiner Unfähigkeit mich an meine Umwelt anzupassen und mich in

die Gesellschaft zu integrieren, um so ein gemütliches Leben, wie all die anderen Bürger führen zu können, gab mir das Schicksal, oder vielleicht auch Gott, eine Antwort, die mein Leben wesentlich beeinflussen sollte!
Und zwar eine Antwort auf die Frage: Wie soll ich mein Leben bloß finanzieren?
Es begab sich im Frühjahr 2007. Ein Saarländer, nämlich ich! (wer hätte das an der Stelle gedacht), gewinnt mehrere Millionen Euro in der staatlichen Lotterie :-).
Was für ein Ereignis!
Ich habe es keinem erzählt.
Niemand weiß bis heute davon.
Irgendwie dachte ich mal kurz daran, dass ich es z. B. meinen Eltern erzählen sollte, aber dann würden die es anderen Leuten erzählen und dann ... naja ich weiß auch nicht.
In meiner Fantasie habe ich es schon oft jemandem gesagt, und das Resultat war, dass ich dann plötzlich sehr beliebt gewesen bin und sich eigentlich alles zum Besten wendete.
Leider traute ich meinen Gedanken und Bildern nicht. Ich dachte mir, dass es wie im richtigen Leben ist. Man freut sich auf etwas - hat im Kopf alles schon tausend Mal durchgespielt - und dann kommt es doch anders. Zu unbeliebt hatte ich mich in den Jahren zuvor gemacht. Jeglichen Kontakt zu anderen Menschen vermieden. Sie einfach ignoriert und die Straßenseite gewechselt, wenn ich sie draußen irgendwo traf.
Es ist eben so, wie schon oben beschrieben: Ich komme mit der realen Welt einfach nicht klar. Das ist nichts für mich.

Weil ich mich fast jeden Tag mit dem Tod und der Sinnlosigkeit meiner Existenz beschäftige (was ich übrigens niemals Müde wurde Kollegen, Eltern oder sonstigen Bekannten zu erzählen; soviel schon einmal zu: „Wie kann denn so was passieren!?" oder „Hätte man es nicht vorher merken können, dass da etwas nicht stimmt!?"), kam mir irgendwann der Gedanke, ob ich mich nicht töten sollte.
Ich dachte mir, dass das eigentlich das Beste wäre.
Eigentlich.
Dann aber sagte ich mir, dass das eigentlich schlecht für mich wäre, da ich ja an das unendliche Nichts glaube.
Trotzdem wuchs in mir der Wunsch zu töten.
Keine Ahnung warum, aber das passierte.
Einfach so.
Auch, wenn ich mir natürlich bewusst bin, dass es ein lebenslanger Prozess gewesen ist, der mich letztendlich dazu gebracht hat, war es in einem Moment so, dass ich entschied, das zu tun.
Besonders reizte mich der Glauben, dass es die Möglichkeit geben musste, dass man Menschen töten kann, ohne erwischt bzw. überführt zu werden.
Daraus ergaben sich dann auch andere Fragen, wie z. B. Wen tötet man „am Besten"? Wo soll das stattfinden? Wie kann ich es bewerkstelligen, dass mich tatsächlich niemand erwischt?

> „Niemand ist so Gluk wie er Klaubt, und die anderen sind auch nie so dumm, wie man dänkt!"
> (Thorsten Weiß am 23.12.2009)

Es galt also einen Plan zu entwickeln:

1. Ich brauchte Zeit.
Ich habe mir ein Jahr unbezahlten Urlaub geben lassen, mit der Begründung, dass ich gerne ein Buch schreiben möchte.
Häkchen. Das war kein Problem. Irgendwie hatte ich sogar das Gefühl, dass mein Chef froh war, mich nicht mehr in seinem Team zu haben.
Da ich eigentlich dachte, dass ich ein zentraler Teil dieses Teams wäre, erschütterte mich dieser Eindruck noch mehr, was andererseits den Willen mein Vorhaben durchzuziehen, bestärkte.

2. Ich brauchte Geld.
Häkchen. Ich habe mir 50.000 Euro von meinem Konto genommen und als Bargeld, in kleinen Scheinen, im Handschuhfach meines französischen Kleinwagens gebunkert.
Es heißt zwar immer, dass man nicht soviel Geld mit sich herumtragen soll, aber mir fiel dann auf, dass ich in meinem ganzen Leben noch nie beraubt worden bin. Weshalb sollte jetzt jemand damit anfangen? Das fand ich unrealistisch, und deshalb habe ich es einfach getan.
Der Vorteil, der das Bargeld hatte, lag auf der Hand. Wenn ich nie mit Karte zahlen musste, oder zu einem Automaten gehen, war ich sehr viel anonymer.

3. Ich brauchte Orte, an denen ich mein Vorhaben umsetzen konnte.
Hierfür nahm ich meinen alten Schulatlas vom Speicher - ja es ist immer gut alles aufzuheben, auch wenn viele meinen, dass das nicht so wäre.

Man kann nie wissen, für was man die alten Sachen wieder mal braucht!
Ich habe mir dann die Deutschlandkarte angesehen. Ich dachte mir, dass es am einfachsten wäre, wenn ich oben in Deutschland anfangen würde, und mich dann im Zickzackmuster immer von links nach rechts und dann von rechts nach links, langsam nach unten durch-arbeiten würde.
Am 31.12.2010 wollte ich in München sein.

Da ich schon oft gehört habe, wie wichtig es ist, sich ein Ziel zu setzen, damit man weiß, wo man hin möchte, habe ich zum ersten und einzigen Mal gegen meine „Anonymitätsregel" verstoßen, und mir schon mal für die Nacht vom 31.12.2010 zum 01.01.2011 ein Zimmer in einem Münchner Hotel gebucht.
Somit gab es nur noch Problem zu lösen:

4. Die Tatwaffen.
Ich dachte mir, dass es am wenigsten schwierig wäre, wenn ich mir ein paar Pistolen zulegen würde, damit nicht alle Taten mit der gleichen Waffe passieren und man mir so schneller auf die Schliche kommen könnte.
Gesagt – getan.
Flohmärkte, die es in der Weihnachtszeit zu Hunderten gibt, sind wahre Schatzinseln für gebrauchte Waffen und Munition.
Da ich vorhatte jeden Tag einen Menschen zu töten, brauchte ich der Logik nach etwa 365 Schuss für mein Vorhaben. Ich entschied mich insgesamt 400 Patronen zu besorgen, für den Fall, dass ich mal nachlegen muss, oder mir danach wäre auf

den einen oder anderen Menschen zwei- oder gar dreimal zu feuern.
Ebenso wie das Geld, habe ich auch die Waffen einfach in meinem Wagen verstaut.
Aus demselben Grund.

Somit waren alle Vorkehrungen getroffen. Ich hatte mir eine Liste mit den Orten aufgeschrieben, die ich ab dem 01.01.2010 „besuchen" wollte, sodass es pünktlich am 01.01.2010 um 01.24 Uhr losgehen konnte.
Zuvor hatte ich noch einmal mit meinen Eltern Silvester gefeiert, wobei ich natürlich, wie immer, keinen Alkohol getrunken habe, weil ich nie Alkohol trinke. Ausnahmen bestätigen die Regel. Zweimal habe ich doch Alkohol getrunken. Einmal eine Flasche Bier bei der Bundeswehr und dann noch ein paar Mal während meiner Ausbildung, während eines Seminares, welches insgesamt 4 Wochen dauerte, und in 1x zwei Wochen und 2x eine Woche eingeteilt war. Da gab es eine kleine Blondine, bei der ich einfach nichts machen konnte. Sie schenkte es ein – ohne groß zu fragen, da es ja völlig normal ist, wenn man abends, nach getaner Arbeit, noch ein Schlückchen trinkt, und ich trank es – keine Ahnung warum. Das war einfach so.
Im Nachhinein dachte ich mir, wäre ich mit dieser Frau zusammengekommen, hätte sich mein Leben vielleicht zum Besseren gewendet.
Wer weiß!?
Aber es kam nicht so. Es kam anders. Logischerweise. Warum sollte mir auch mal was Gutes passieren?

Wobei ich fest davon überzeugt bin, dass ich selbst Schuld bin, dass mir nichts in meinem Leben gelingt, was irgendwie mit anderen Menschen zu tun.
Aber ich schweife ab.
Es wird später bestimmt noch die einer oder andere Gelegenheit geben über mich zu sprechen.
Immerhin ist es ein Tagesbuch, was hier vorliegt!
Mein Tagebuch!
Hier geht es nur um mich!.
Mich und mein Leben – naja nennen wir es lieber Existenz. Vielleicht schaffe ich es ja noch ein Leben daraus zu machen. Wer weiß.
Mal sehen.

Der Moment, indem ich mich von meinen Eltern verabschiedet hatte, kam mir unwirklich vor. Werde ich wirklich das tun, was ich mir vorgenommen habe? Was würden meine Eltern denken, wenn sie wüssten, was ich vorhabe?
Sie würden die Polizei anrufen - ganz klar!
Ich erzählte ihnen jedenfalls, dass ich von meiner Firma 50.000 Euro Sonderprovision bekommen hätte, da ich ein außergewöhnliches Jahr hatte und zudem noch eine grandiose Idee, die meinem Arbeitgeber 250.000 Euro im Jahr sparen würde.
Hätte ich nur einmal in meinem Leben – während meiner Existenz – wirklich mal so ne Idee!! Was würde ich dafür geben?
Ich weiß es nicht.

So fuhr ich also los. Ich stieg in meinen kleinen, blauen, französischen Kleinwagen, schaltete den Cd-Player am Radio ein und lauschte meiner

Lieblingsmusik. Klassische Musik, gespielt von einem saarländischen Pianisten – herrlich.

Früher, als ich noch meinen Porsche hatte – den habe ich mir mit 19 gekauft – habe ich diese Cds immer gehört, wenn ich irgendwelche Frauen dabei hatte, die wollten, dass ich rase. Dabei rase ich nie! Ich wurde noch nie geblitzt! Einmal allerdings habe ich es mir mal gegeben! Da bin ich im zweiten Gang mit 90 Sachen durch eine 30er-Zone gefahren.

Man – war ich damals ein harter Hund!!!

Ich genoss die Pianoklänge jedenfalls und war froh jetzt mal etwas anderes zu machen, als diesen ewigen Alltag zu leben. Ich fuhr auf die A1 und dann ging es Richtung Norden.

Ich mag den Alltag nicht. Das ist langweilig. Ich meine, was machen die meisten Menschen den ganzen Tag? Sie stehen morgens auf, frühstücken, oder auch nicht, gehen zur Arbeit, oder auch nicht, machen ihren Job so gut sie können, oder auch nicht, und kommen wieder nach Hause, oder auch nicht. Die einen gehen erst noch ne Nummer schieben und die anderen sind sowieso schon zu Hause, weil sie gar nicht erst gegangen waren. Und ich meine nun nicht die Leute, die gerade mal Urlaub haben. Im trauten Heim erwartet sie dann, was weiß ich wer, oder auch niemand, der sich dann entweder den ganzen Mist anhören muss, der dem Arbeitnehmer den ganzen Tag so widerfahren ist, dann gibt es Abendessen, man setzt sich vor den Fernseher, regt sich über die Sachen in den Nachrichten auf, falls man sie sich überhaupt noch ansieht, und dann geht man leicht betrunken ins Bett, weil man sich ab dem

Abendessen drei, vier Bier oder ein, zwei Flaschen Wein gegönnt hat.
Supi!
So sieht`s doch aus, oder?
Irgendwann kommt man dann in Rente.
Dann ist man kaputt und über sechzig. Die meisten schaffen es aber gar nicht erst solange. Aber das ist nicht das Problem, was ich meine.
Ich meine den Alltag. Immer wieder das Gleiche. Immer wieder dieselben Kollegen, über die man sich aufregt, immer wieder das gleiche Problem mit dem Geld und unserem Staat.
Aber mal ehrlich – wer von denen die jammern ändern denn etwas? Ich tue immer das, was ich will. Ich habe keinen Alltag. Ich arbeite auch - aber anders. Ich habe jeden Tag mit anderen Leuten zu tun und ich habe jeden Tag was anderes zu erzählen. Wobei ich sagen muss, dass ich nie was von meiner Arbeit erzähle – es sei denn, dass sich ein Gespräch mit den Kollegen ergibt.
Weiterhin muss ich sagen, dass ich mit Kollegen, mit denen ich nicht klarkomme, gar nicht erst rede. Allerdings komme ich mit all meinen Kollegen gut klar, sodass ich auch mit allen spreche.
Wie das andersherum aussieht, weiß ich nicht. Viele Menschen zeigen einem ja nicht, was sie wirklich von einem halten. Sie reden einem höflich alles ins Gesicht, um sich dann später bei anderen Kollegen oder eben, wie oben beschrieben, bei ihrem Partner oder irgendwelchen Freunden, die sich dieses Gejammer dann ebenso aus Höflichkeit anhören, auszuquatschen. Das Schöne daran ist, dass sich diese dann ebenso bei ihren Gesprächspartnern über den Erzähler auslassen.

Ich glaube, dass so dann auch viele Missverständnisse entstehen und viele Beziehungen und Freundschaften kaputt gehen, wenn der eine etwas über den anderen sagt, was dieser dann wiederum einen anderen erzählt, der vielleicht das eine oder andere nicht richtig versteht und dann etwas dazu erfindet oder weglässt. Dieser Dritte erzählt es dann wieder dem Erzähler, also dem Ersten, der nun wiederum mitbekommt, dass man scheinbar Stuss über ihn redet, was dann zum Bruch oder vielleicht nur zu einem gewaltigen Streit führt, der vollkommen unnötig ist. Einfacher ists eigentlich die Arbeit auf der Arbeit zu lassen und sich in seiner Freizeit, um die Freizeit zu kümmern.

Kann aber auch sein, dass ich mich irre.

Ich weiß es nicht.

Eigentlich ists auch egal.

Kann ja jeder machen, was er will.

Ich sehe es eben ein bisschen anders. Aber ich bin auch nicht integriert. Ich will auch gar kein Teil der Gesellschaft in diesem angepassten Sinne sein.

(Hätte ich gewusst, was in diesem Jahr, also 2010, zu diesem Thema noch alles hochkommt, hätte ich diesen Satz, glaube ich, so nicht niedergeschrieben. Ich meine, ich bin zwar ein bisschen crazy im Kopf, aber doch nicht so. Aber was soll man machen? Nun steht er da.

Vielleicht können Sie ihn ja mit einem schwarzen Marker durchstreichen. Dann ist er weg.

Ich für meinen Teil habe mir jedenfalls angewöhnt mich meinen Kollegen und ähnlichen Leuten, sprich Menschen, deren Anwesenheit ich mir nicht aussuchen kann, weil diese situationsbedingt nun mal da sind, wie folgt zu verhalten:

Ich komme irgendwo hin und warte. Ich rede mit keinem. Irgendwann kommt dann jemand und beginnt ein Gespräch mit mir. Ich höre mir an, was dieser Mensch zu sagen hat und bin dann immer schön seiner oder einer ähnlichen Meinung. Das vereinfacht die Kommunikation untereinander sehr. Ein weiterer Vorteil ist, dass die Leute unheimlich gerne mit einem reden, da sich das Gespräch für den Partner so einfach darstellt. Er kann reden, was er will. Immer kommt es gut an und immer trifft er genau meinen „Geschmack".
Außerdem erfährt man so auch einiges über den Redner. Man muss dann eben nur aufpassen, dass man nicht aus Versehen zu viel von sich selbst preisgibt. Das muss man sich antrainieren, dass man an den entsprechenden Stellen nicht anfängt Geschichten aus seinem eigenen Leben zu erzählen – zumindest keine die echt sind. Lügen kann man ruhig. Man weiß ja auch nicht, ob der andere einen anlügt, oder nicht. Aber eigentlich spielt das dann auch keine Rolle. Man darf nur selbst nicht die Wahrheit sagen.
Wenn Sie dies nun bei der kompletten Gruppe der Kollegen schaffen, werden Sie alsbald einer beliebtesten Kollegen sein.
Ich mag das nicht!
Ich hasse es, mir den ganzen Stuss dieser uninteres-santen Gestalten anhören zu müssen, die mich nicht im Geringsten interessieren.
Aber soll ich machen? Wenn ich es nicht so mache, dann muss ich mich entweder ernsthaft mit ihnen ausein-andersetzen und mich wirklich auf sie

einlassen, oder ich werde nicht integriert und zum Scheitern verurteilt sein.

Ich will aber integriert sein. Ich will der König der Kollegen sein. Der Große. Ich will der Erste sein, den man fragt, wenn`s was zu regeln gibt.
Alle sollen sich an mich wenden, zumindest dann, wenn der Chef nicht da ist.
Das Schöne ist, dass es tatsächlich funktioniert. Leider funktioniert es aber nicht auf Dauer. Je mehr man den Menschen das Gefühl vermittelt ein guter Gesprächs-partner zu sein, umso mehr neigen diese dazu einen auch in ihr Privatleben einzubinden. Dann muss man zu Geburtstagen, zum Grillen oder noch schlimmer, man bekommt die Möglichkeit etwas mit einer Kollegin anfangen zu können, da man ja viel mehr Verständnis für ihre Bedürfnisse hat, als der „dumme Trottel" zu Hause, der sich erdreistet sich ernsthaft mit seiner Partnerin auseinanderzusetzen und sie auch mal darauf hinzuweisen, dass sie gerade eine Dummheit begeht oder im Irrglauben im Bezug auf irgendeine Sache ist.
Da ist es mit mir natürlich viel angenehmer. Bei mir ist immer alles Top! Fünf Daumen hoch!
Wann begreifen diese Luschen endlich, dass ich nichts für sie empfinde? Dass sie mich in Ruhe lassen sollen? Ich will mit niemandem was zu tun haben, der so denkt, wie diese einfältigen Weiber!
Irgendwie glaube ich, dass das der Grund dafür ist, dass ich schlecht mit anderen Menschen auskomme und keine sozialen Bindungen eingehen kann.

Aber, naja. Kein Mensch ist perfekt. So bin ich nun einmal. Liebt mich so, wie ich bin.
Meine Mama hat immer gesagt:
>>Jeder, der dich nicht so liebt, wie du bist, ist nicht dein Freund, und der ist es auch nicht Wert, dass du deine Zeit mit ihm vergeudest!<<
Was soll ich nun davon halten?
Ich bin der Meinung, dass Menschen die einen lieben sehr wohl das Recht – vielmehr die Pflicht haben – einen zu ändern. Ohne Veränderungen gibt es keinen Fortschritt!
Kein Fortschritt funktioniert nur, wenn niemand fortschreitet!
Das wird es aber nicht geben. Nicht in dieser Welt und nicht unter Menschen. Menschen wollen nicht alle gleich sein. Man will immer besser sein, als andere! Deshalb ist das eigene Kind auch immer schön und nur die Kinder der anderen sind doof. Das eigene Kind ist immer toll. Zumindest nach außen hin. Wer weiß, was so manche Mutter oder Vater wirklich über dieses kleine Ding denkt, das sie da aus ihrem Leib gepresst hat.
Fortschritt.
Was ist eigentlich Fortschritt?
Ist Fortschritt das, was uns das Leben erleichtert? Ein LKW, der schnell viel von „A" nach „B" bringen kann? Ist das Fortschritt? Hilft uns dieser LKW wirklich?
Früher mussten vielleicht 20 Leute über 1 Woche die Waren transportieren, die ein LKW in drei oder vier Stunden befördern kann (das ist jetzt kein konkretes Beispiel, sondern einfach mal in den Raum gestellt).

Heute braucht man nur einen Mann, der den LKW komplett bedienen kann. Und dafür benötigt er nur vier Stunden.

Was machen nun die anderen 19 Menschen in der Woche, in der sie nun nichts mehr zu tun haben?

Sie reden mit ihren Lieben darüber und regen sie auf.

Naja – solange sie nicht zu mir kommen.

Jeder ist seines Glückes Schmied.

Daran glaube ich nicht. Aber wen interessiert schon was ich glaube? Eigentlich interessiert es mich selbst auch nicht.

Sollte es das?

Ich weiß es nicht. Eigentlich ist es mir auch egal.

Ich muss jetzt gerade mal die CD tauschen. Solange können Sie gerne über den folgenden Satz senieren (das heißt, glaube ich nachdenken, oder so. Jedenfalls sollten Sie jetzt nachdenken):

Es ist egal, ob man gewinnt oder verliert – bis man verliert!

[. Cd raus

. Cd einpacken

. andere Cd rausnehmen

. andere Cd in den Player schieben

. andere Cd läuft, schachtel wieder ins Handschuhfach räumen]

Toller Satz, oder?

Ich mag ihn nicht. Früher hatte ich ihn auf meinem Ausbildungsordner kleben. Dann habe auch ich über den Satz nachgedacht. Ich finde, es ist ein blöder Satz. Was will er mir sagen?

Es ist blöd zu verlieren? Das weiß ich auch so.

Es ist besser zu gewinnen? Auch das ist mir klar.

Soll dieser Satz den Leser vielleicht einfach nur motivieren? Er soll dem Leser vielleicht einfach

nur vor Augen führen, dass es vollkommen egal ist, ob man gewinnt oder verliert – bis man verliert. Dann macht das Gewinnen nämlich keinen Spaß mehr – wenn man verliert.
Aber man muss auch mal verlieren, oder? Muss man das wirklich? Ich meine, wer will das? Ich will nicht verlieren. Niemals. Ich möchte immer gewinnen! Leider habe ich bis jetzt wohl immer verloren.
Aber es ist wie mit allem: Alles eine Frage der Definition. Dem einen sein Sieg ist dem anderen seine Niederlage – oder so ähnlich.
Als ich im Lotto gewonnen hatte, haben viele andere beim Lotto verloren.
Aber ist die Trauer der Menschen, die vielleicht 10 oder 15 Euro verloren haben, wirklich so groß, wie meine Freude über den Gewinn mehrerer Millionen Euro? Ich meine, man kann ja den Frust der Menschen über den Verlust des Geldes nicht addieren (zusammenzählen: 1+1 = 2 usw.) und dann sehen, ob sie sich zusammen mehr ärgerten, als ich mich gefreut habe.
Vielleicht wird die Geschichte ja deshalb nur von Siegern geschrieben, weil die Freude über den Triumph den Ärger der Besiegten weit überschattet!
Das glaube ich aber nicht.
Die Geschichte wird nicht von Siegern geschrieben. Wobei die Geschichte natürlich eher von den Siegern geschrieben wird – jetzt im wahrsten Sinne des Wortes, weil die Verlierer, naja wer will schon groß über seine Niederlagen schreiben, keinen Bock haben, das eben Geschehene für die Nachwelt festzuhalten.

Deshalb wird die Geschichte eben von Siegern geschrieben. Niemand will sich mit Verlierern beschäftigen – warum auch? Die haben ja verloren! Wen interessiert das?
Aber eigentlich ist das keine Leistung, oder? Es zeugt doch von wahrer Größe über seine Niederlagen zu schreiben. Sich selbst klar zu machen, warum man nun unterlegen war. Der Welt seine eigenen Fehler aufzuzeigen, damit andere nicht dieselben Fehler begehen und wir alle davon lernen können → Mehrwert!?
Wäre das ein Fortschritt?
Ich weiß es nicht.
Da Menschen das aber eh nicht machen, ist es eigentlich auch egal.
Wir wollen nur Sieger sehen. Wir wollen so sein wie sie!
Ein toller Satz, oder?
Bedeutet das denn nicht, dass wir glauben, dass wir keine Sieger sind? Aber was sind wir, wenn wir keine Sieger sind?
→ Verlierer.
Sieht man uns deswegen nicht?
Sieger sollen sich zeigen. Sie sollen uns sagen, was sie besser machen, wie wir. Dabei wissen wir ja doch immer alles besser. Wir wären bessere Trainer, bessere Politiker, bessere was weiß ich sonst noch.
Gut, dass wir alle Menschen haben, die uns zuhören und uns nie widersprechen. Die immer alles abnicken und uns in unserem Überzeugungen bestätigen. Das sind unsere besten Freunde. Auf die ist Verlass. Das sind die Pfeiler, auf die wir unser Leben aufbauen.

Überall gibt es Menschen, die schon lange nicht mehr mit dem Fortschritt mithalten können, die früher oder auch heute, besser den Karren 10 Tage lang hinter sich herschieben würden, weil sie den Verschluss an der Laderampe des Lkws nicht bedienen können – und diese Menschen sitzen zu Hunderten herum, da es keine Karren mehr zu schieben gibt, und wissen alles besser.

Gott sei Dank leben wir in einer der großartigsten Demokratien der Welt (das meine ich ernst!) und hier ist es nicht nur so, dass wir alle unsere Meinung sagen dürfen – und ja – wir finden nicht nur Leute, die uns auch noch zuhören – nein! – es gibt sogar Menschen, die sich die Mühe machen, bei der Führung unseres Landes, unsere „Ideen" und Vorschläge mit einfließen zu lassen!

Gleich, ob diese Ideen das eigentliche Vorhaben nun abwerten oder nicht. Solange es eine legitime Mehrheit gibt, ist alles in Ordnung. Auch wenn ein einzelner Mensch es vielleicht viel besser weiß, weil er vielleicht ein Experte ist – und zwar kein „Experte", sondern ein Experte! Und vielleicht ist dieser Experte den anderen Menschen so überlegen, dass wir ihn gar nicht verstehen!

Wenn wir ihn aber nicht verstehen, sind wir gegen seinen Vorschlag. Wir wollen die Dinge um uns herum immer verstehen! Alles muss verstanden werden. Denn wir sind ja auch nicht dumm. Nur die anderen sind dumm. Wir aber nicht.

Was macht der Experte nun?

Er beugt sich der Mehrheit. Das Vorhaben wird so umgesetzt, dass es eine Mehrheit versteht. Wir wollen wissen was passiert. Wenn wir das nicht wissen, können wir nicht mitreden. Und was wäre dann?

Ruhe!
Furchtbar. Das geht ja gar nicht! Der Mensch will sich austauschen – er will kommunizieren.
Und dann haben wir wieder das Problem: Fortschritt.
Ich bin der Meinung, dass das Meiste, was wir als Fortschritt bezeichnen, eigentlich nur einigen wenigen dient. Nämlich denen, die vom Fortschritt profitieren.
Aber was ist nun mit den ganzen Karrenziehern?
Der eine LKW-Fahrer profitiert. Er sitzt nun im Trockenen, wenn es regnet.
Und die 19 anderen? Die sitzen zwar auch im Trockenen, aber verdienen kein Geld. Schaffen keinen Mehrwert für die Gesellschaft. Sie sitzen da – auf unsere Kosten – und reden mit ihren Partnern, wenn sie noch welche haben, über Dinge, die sie längst nicht mehr verstehen (wollen).
Sitzen sie auf unsere Kosten? Eigentlich schon. Aber auf welche Kosten?
Die Kosten des Fortschritts! Fortschritt ist in diesem Fall, dass 19 Leute pro fahrenden LKW nicht mehr benötigt werden.
Eigentlich ist demnach doch der LKW-Hersteller der Verursacher, oder? Müsste man dann nicht diesen zur Kasse bitten?
Ich glaube nicht.
Es ist die Gesellschaft, die sich Lkws wünscht. Gäbe es keine Nachfrage für Lkws, würden keine produziert werden [zumindest nicht in unserem Land ;-)].
Demnach kann die Allgemeinheit auch ruhig für die 19 nutzlos Gewordenen zahlen.

Um nun aber endgültig zum eigentlichen Thema zu kommen, die älteren Leser werden sich erinnern, werde ich die restlichen Gedanken, die mir während der Fahrt in den Norden gekommen sind, in meinem Kopf lassen und nicht niederschreiben.

Jetzt beginnt also meine Reise richtig:

Tagebucheintrag von 01.01.2010 Freitag

Es ist 9:23 Uhr, als ich in Kiel ankomme.
Was für eine Stadt! Was für eine Stadt ☹. Naja egal. Insgesamt habe ich mir 53 Städte vorgenommen, die ich bis zum 31.12.2010 besuchen möchte.
Die meisten Orte für eine Woche, eine Stadt zwei Wochen und ein oder zwei Städte, vielleicht auch nur für ein paar Tage. Mal sehen.
Kiel soll jedenfalls etwa 230.000 Einwohner haben und ist somit eine der größten Städte, die ich jemals besucht habe.
Während meiner Bundeswehrzeit 1999 / 2000 war ich für zwei Wochen in München, 2001 war ich auf einem Madonnakonzert in Berlin und 2009 war ich von meiner Firma aus in Köln.
Somit ist Kiel die viertgrößte deutsche Stadt, die ich in meinem Leben besucht habe.
Ich mag keine großen Städte, wobei München meine absolute Lieblingsstadt ist. Wenn ich mir eine Stadt in Deutschland aussuchen dürfte, in der ich wohnen könnte, dann wäre diese Stadt München.
Ich denke, dass das auch der Grund gewesen ist, weshalb ich mir München als finalen Ort ausgesucht habe – wobei es natürlich auch geografisch durchaus Sinn macht.

Nun war ich aber in Kiel angekommen. Hier soll meine Reise beginnen. Im Norden der Republik. Hier, in dieser Stadt, werde ich heute Abend meinen ersten Menschen töten.
Was bin ich aufgeregt.
Aber immer langsam mit den scheuen Pferden.

Als Erstes habe ich mir heute eine Bleibe für die nächsten sechs Tage, also bis zum siebten Januar 2010 gesucht. Heute ist Freitag und ich bleibe bis Donnerstag.
Das werde ich grundsätzlich immer so machen. Ich werde immer sieben Tage am Stück in der gleichen Pension wohnen und mich im Großraum der entsprechenden Stadt nach meinen Opfern umsehen.
Es ist immer gut, wenn man sich über so was Gedanken macht, bevor man anfängt, es zu tun. Das gibt einem Planungssicherheit. Das ist wichtig in der heutigen, schnelllebigen Zeit. Wenn man selbst keine Ordnung und Planung hat, wie kann man dann erwarten, dass die anderen eine haben? Und wenn keiner Ordnung und einen Plan hat – was ist dann?
Chaos!?
Das glaube ich nicht. Ich denke, dass es eigentlich nur sehr wenige Menschen in unserer Zeit gibt, die wirklich einen Plan und Ordnung haben. Ich glaube, dass das meistens die Menschen sind, die wir alle nicht besonders gut leiden können.
Naja, wie auch immer.
Ich habe jedenfalls einen Plan.
Und da ich keinen Plan habe, wo ich mein Vorhaben nun am Besten umsetzen kann, habe ich mir erst mal einen Plan gekauft.
Einen Stadtplan.
Hier suchte ich nun nach dem Bahnhof. Kiel soll einen schönen Bahnhof haben, habe ich von jemandem gehört, der im Internet schon mal ein Bild von diesem Gebäude gesehen hat.
Als ich an diesem Bauwerk ankam, welches wirklich schön ist, habe ich ein Foto geschossen.

Das werde ich meinem Bekannten mitbringen. Da wird er sich bestimmt freuen.

Auf dem Weg dorthin fiel mir zum ersten Mal in meinem Leben auf, wie viele Kameras es doch in der Öffentlichkeit gibt. Es ist ja kaum möglich, sich in einer größeren Stadt zu bewegen, ohne dass man irgendwie gefilmt wird.

Das macht es sehr schwer Menschen auf der Straße zu töten.

Dennoch habe ich mir vorgenommen einen Obdachlosen, oder zumindest jemanden, den ich für obdachlos halte, zu töten.

Das ist am Einfachsten. Da weiß niemand, wo der gerade sein sollte, den vermisst vielleicht auch keiner, wenn er tot ist, oder er wird zumindest mal die ersten ein oder zwei Wochen nicht weiter vermisst.

Aber eigentlich ist das auch egal. Wenns passiert ist, ists passiert und dann kann man es nicht mehr ändern.

Man kann dann nur seine Schlüsse ziehen und draus lernen. Wenn es gut lief, kann ich so weitermachen und wenn nicht, dann muss ich künftig was ändern.

So einfach ist das!

Kennen Sie das auch, dass es immer wieder Menschen gibt, die etwas getan haben, z. B. eine Klausur schreiben, und auch eine Woche, nachdem sie das Ding abgegeben haben, immer noch rum lamentieren!?

Schrecklich.

In dem Moment, in dem man die Klausur abgegeben hat, ist der Käse geschnitten. Dann bleibt einem nur noch das Wartespiel zu spielen. Ist das Ergebnis gut, bereitet man sich auf die

nächste Klausur wieder so vor, ist das Ergebnis schlecht, muss man`s beim nächsten Mal ändern.
Aber okay. Es gibt eben Leute, die regen sich über alles und jeden auf.
Wie wär`s, wenn Sie hier mal eben vier Namen von Leuten aufschreiben, zu denen das passt, was ich gerade geschrieben habe, und die Ihnen damit total auf den Geist gehen.
Ich lade in der Zwischenzeit meine Pistole und gehe auf den Mann dahinten zu und ... :

-

-

-

-

So, das war`s.
Es ist vollbracht. Was für ein Moment! Kennen Sie das Gefühl, wenn Ihnen Ihre eigene Realität plötzlich unwirklich erscheint!? Wenn Sie etwas machen, was Ihnen das Herz in die Hose rutschen lässt!?
Z. B. in einem Freizeitpark mit einer gewaltigen Achterbahn fahren. Das Adrenalin, dass ausgeschüttet wird, und die große Freude hinterher, wenn Sie`s getan haben!? Wenn Sie sich denken, jetzt habe ich es einmal gemacht, das muss ich wieder haben.
Unbedingt!
So ein Gefühl hatte ich gerade eben. Nur, dass ich mir nun nicht sicher bin, ob ich es wieder tun möchte. Eigentlich war es gar kein Akt.

Was ist passiert?

Also – ich sehe auf meine Uhr: 22:38 Uhr. Ich stehe in einer Seitenstraße und sehe diesen schlafenden Mann im Eingang eines Mehrfamilienhauses. Ich gehe hin. Ich greife in meine Innentasche der Jacke. Ich sehe mich um. Ich kann niemanden entdecken. Ich halte dem Mann die Pistole an die Stirn, nachdem ich den Schalldämpfer aufgedreht habe, und drücke ab. Einmal, zweimal. Weil es mein erstes Mal war, habe ich sicherheitshalber zweimal abgedrückt.

Das war wie bei meinem ersten Sex. Da habe ich es auch direkt zweimal gemacht. Sie auch? Weil es so schön war. Vielleicht macht man alles, was man zum ersten Mal macht, wenn es einem gefällt, zweimal, um zu sehen, ob`s wirklich so toll war, oder ob man nur glaubte, dass es schön war, und dabei war`s gar nicht schön.

Ich weiß es nicht.

Aber eigentlich ist das auch egal.

Jedenfalls habe ich eben einen schlafenden Mann erschossen. Einen Obdachlosen. Einen Penner. Er lag alleine in diesem Eingang und schlief.

Ich frage mich, ob er nun weiß, dass er tot ist? Ob er das im Schlaf realisiert hat? Wie ist das wohl, wenn man einschläft und denkt: „So, ich schlafe jetzt mal, weil ich müde bin, und morgenfrüh stehe ich auf, packe meinen Obdachlosenkram zusammen und gehe in die Fußgängerzone, um dort etwas Kleingeld für Schnaps zu erbetteln."

Nun aber wird man nicht mehr wach. Was das wohl für ein Gefühl ist?

Vielleicht werde ich nach dem Jahr mal ein Medium besuchen, oder mich selbst zu einem

Ausbilden lassen, dann werde ich das „Pierre", so habe ich ihn genannt, fragen.

Nachdem ich es getan hatte, raste mein Herz. Ich war aufgeregt und ging zügigen, sehr, sehr zügigen Schrittes in die Stadtmitte zurück. Dort suchte ich mir irgendwo eine offene Kneipe, setzte mich hinein und trank eine Cola.

Dann suchte ich mir ein Taxi und ließ mich in meine Pension fahren. Dort kam ich gegen 23:10 Uhr an. Ich ging mich duschen, legte mich dann in mein Bett und sah mir, auf meinem mitgebrachten DVD-Player, eine Komödie mit Sarah-Jessica Parker und Hugh Grant an. Ich mag sie – beide.

Dann schlief ich ein.

Was bleibt über: ***398 Schuss***, ***364 bald tote Menschen***.

Tagebucheintrag von 02.01.2010 Samstag

Kiel. Um 08:23 Uhr klingelte mich mein Wecker aus dem Schlaf. Ich stand auf, duschte mich, zog mich an und ging frühstücken. Danach kehrte ich in mein Zimmer zurück und machte mich fertig für den Tag.
Heute wollte ich mir ein paar Sehenswürdigkeiten der Stadt ansehen. Es wäre ja Schade, wenn man quer durch unsere schöne Republik reist, und sich die kulturellen Schätze, die sie in sich birgt, nicht betrachtet. Ich meine, wenn man sowieso schon hier ist, kann man sich das ja auch mal ansehen. Oder kennen Sie viele Leute, die nach Köln reisen und sich dann den Dom nicht ansehen?
Ich war bisher nur einmal in Köln. Zwei Tage. Sonntag-nachmittag anreise, Montagnachmittag abreise. Von der Firma aus. War toll. Wir waren auch im Dom. Als wir drinnen waren, wurde der Vorplatz von der Polizei wegen Sturm und Einsturzgefahr vorübergehend gesperrt. Somit waren wir gefangen im Dom. Im Haus Gottes. Keine Angst, ich fange jetzt nicht wieder an über Gott und die Welt oder die Welt und Gott oder besser gesagt meine Welt und Gott zu reden. Wobei man sich dann schon fragt, ob das nicht vielleicht ein Zeichen ist.
Ich habe mich das nicht gefragt. Warum auch? Da es keinen Gott gibt, kann er mir auch keine Zeichen senden. Weshalb sollte ich mir dann irgendwelche Gedanken darüber machen?
Seh ich gar nicht ein. Dafür ist mir meine Zeit zu Schade.
Was für Sehenswürdigkeiten habe ich mir nun heute angesehen?

Ich habe mir das Opernhaus, das Rathaus und die Nikolaikirche betrachtet. Schöne Orte, schöne Bauwerke. Habe sie auch fotografiert. Mal sehen, ich habe viel fotografiert in diesem Jahr. Vielleicht bringe ich ja demnächst noch einen Bilderband Deutschland heraus. Die Leute interessieren sich ja für fast alles. Und es gibt bestimmt auch ein paar Menschen in diesem Land, die sich so was gerne ansehen, und da sie selbst nicht die Zeit oder die Lust haben, es sich persönlich anzusehen, kaufen sie dann meinen Bilderband Deutschland. Ich denke, er wird 365 Seiten mit 365 Bildern enthalten. Unter jedem Bild wird dann ein kleiner Text stehen, was das ist, und wo das ist – nach dieser Bildungsstudie kann man ja nicht erwarten, dass jeder weiß, wo alles ist. Aber warum auch? Das ist ja nicht der Job der Bevölkerung eines Landes zu wissen, wo sich in unserem Land alles befindet. Der Job der Bevölkerung besteht darin, das Land am Laufen zu halten. Lieber 45 Stunden die Woche arbeiten, als sich das Land mal anzusehen.
Viele sagen nun, naja ich brauche ja das Geld und deshalb muss ich arbeiten gehen. Das stimmt. Damit hat sich das dann auch erledigt. Schade.
Oder vielleicht doch nicht?
Ich für meinen Teil habe im Zeitraum vom 01.01.2010 bis 31.12.2010 gerade mal 18.420 Euro ausgegeben.
Nun ja, wenn man nun darüber nachdenkt, dass die meisten Leute in unserem Land sich nichts mehr beiseitelegen können, und wenn sie sich ein Jahr unbezahlten Urlaub nehmen würden, auch kein Gehalt von ihrem Arbeitgeber beziehen

würden, ist das wohl doch zu viel, was so was kostet.
Aber naja, dann kaufen Sie eben doch meinen Bildband. Der wird so um die 30 Euro kosten, schätze ich mal. Das ist im Verhältnis zu meinen Kosten ja ein Klacks. Da müssen Sie einfach zuschlagen. Die meisten Leute kaufen ja nicht ein, weil sie das eine oder andere brauchen, sondern einfach weil es billig ist.

> Martha: »Schau mal, Erwin. Ich habe diesen Joghurt gekauft, weil der so billig war. 29 Cent statt 58. Das ist der halbe Preis. Da habe ich direkt zwei Stück gekauft.«
> Erwin: »Ich esse keinen Joghurt, Martha. Das weißt du doch. Ich habe noch nie Joghurt gegessen.«
> Martha: »Naja Erwin, das ist Himbeerjoghurt, den darf ich wegen meiner Allergie nicht essen. Was machen wir denn jetzt damit?«
> Erwin: »Wenn ihn keiner isst, dann wirf ihn halt weg, Martha.«
> Martha: »Hast recht, Erwin. Wenn wir warten, bis die Enkelkinder aus Berlin uns hier mal in Freiburg besuchen, ist der Joghurt auch schlecht. Ich mach ihn in die Tonne. Iss ja nicht schlimm. Er hat ja nur den halben Preis gekostet.«

Wie auch immer.
Ich jedenfalls genoss ein herrliches Mittagessen in einem gutbürgerlichen, schleswigschen Restaurant und aß irgendwas mit Fisch. War lecker, würde ich zu Hause im Saarland aber nicht essen.

Nachdem ich gemahlzeitet (ich weiß, dass es dieses Wort nicht gibt, aber da es nun da steht, naja – jetzt scheint es so, als ob es dieses Wort doch gibt. Sonst könnte es ja nicht da stehen! Eine verrückte Welt, in der wir da leben, was!? Es bedeutet im Übrigen soviel wie: „gegessen haben") hatte, ging ich zurück in die Pension und ruhte ein Weilchen vorm Fernseher. Am späten Nachmittag dann machte ich mich auf die Suche nach einer neuen Örtlichkeit, wo ich eine weitere obdachlose Person von ihrem tristen Dasein erlösen könnte.

Nachdem ich gestern einen schlafenden Mann erlöst hatte, dachte ich mir, dass ich heute mal was anderes probieren sollte. Nur so, um mich eben weiterzu-entwickeln. Damit ich nicht stehen bleibe. Stillstand ist ein Rückschritt, in unserer Welt, in der sich immer alle weiterbewegen. Reden wir uns zumindest ein. Ich glaube das nicht. Ich glaube nicht, dass sich jeder immer weiter entwickelt. Ich denke, dass auch viele von uns nur glauben, dass sie das tun. Dabei bleiben die meisten eher stehen oder machen auch kleinere Rückschritte. Manche bedingt durch ihr Stehenbleiben, da sie sich im Umfeld von Leuten aufhalten, die sich tatsächlich weiterent-wickeln. So wie ich.

Ich entschied mich es genauso zu machen, wie am Vorabend. Ich sagte mir, dass ich noch nicht so weit bin, den nächsten, großen Schritt zu wagen, und jemanden töten kann, der mir dabei in die Augen sieht.

Das ist wie bei einer Kuh. Die meisten von uns essen gerne Kuh, aber wer von uns will schon der Kuh, bevor man sie isst in die Augen sehen und ihr dann das Leben nehmen, nur damit man sie hinterher essen kann. Aber der Vergleich mit der Kuh hinkt sowieso. Wer isst schon eine ganze Kuh? Eigentlich niemand. Aus diesem Grund hat auch niemand die Verpflichtung einzugehen so eine Kuh mal selbst zu töten. Vielmehr ist es so, dass viele Leute von einer Kuh essen. Also müsste es auch so sein, dass viele Menschen sich um eine Kuh versammeln sollten und dann miterleben sollten, wie die Kuh von einer Person aus der Gruppe getötet wird. Das funktioniert. Da bin ich mir sicher. Gruppendynamik nennt man das. Zehn Menschen reden auf einen ein und der wird, getragen von seinen Mitstreitern, die Kuh töten. Alle werden ihren Helden bejubeln und noch beim folgenden Kuhessen freudig davon berichten, dass sie dabei gewesen sind und dieses Ereignis miterlebt haben.

Ja, in der Gruppe sind wir stark. Darum ists auch gut, dass sich die Länder Europas zusammenschließen. Wenn man bedenkt, was eine Gruppe von zehn oder hundert Leuten schon bewirken kann, was können dann Millionen von Leuten alles bewirken, wenn sie ein konkretes Ziel verfolgen! Da will man gar nicht drüber nachdenken.

Nun aber zurück zu mir. Aufgabe erfüllt. Erneut habe ich einen Mann gefunden, der schlief, der alleine war und unter einen Durchgang zum Hof eines Mehrfamilien-hauses seine Ruhe suchte und letztendlich auch seine Ruhe fand.

Ich setzte die Waffe, es war natürlich eine andere als wie gestern, unter seinem Kinn an, und drückte einmal ab. Die Wunde an „Richards" Hinterkopf

zeigte mir, dass er bereits nach einem Schuss tot war.
Nach vollbrachter Erlösung steckte ich meine Waffe wieder in die Jacke und ging zu Fuß zu meiner Pension. Dort angekommen ging ich duschen, schaltete den DVD-Player ein und sah mir eine meiner Lieblingsserien an. Danach legte ich mich schlafen.

Was bleibt über: <u>*397 Schuss,*</u> <u>*363 bald tote Menschen*</u>.

Tagebucheintrag von 03.01.2010 Sonntag

Ah - Sonntag. Heute habe ich mal ausgeschlafen. Erst gegen 11 Uhr habe ich mich aus meinem Bett erhoben. Ich habe mich geduscht, angezogen und bin in ein Schnellrestaurant essen gegangen.
Danach habe ich mich dann weiteren Sehenswürdig-keiten der Stadt gewidmet. Heute bin ich zum Landes-funkhaus des NDR gegangen und habe mir danach den Hafen etwas genauer betrachtet. Die dort anliegenden Segelschiffe sind wunderschön gewesen.
Danach habe ich mir die Holstenstraße in der Innenstadt angesehen. Auch nicht schlecht – aber da es nun wieder anfing dunkel zu werden, begann ich Ausschau nach einem neuen Opfer zu halten.
Der Fairness halber sollte es heute mal eine Frau treffen. Ich werde sie „Mechthild" nennen.
Das liegt daran, dass ich während meiner ersten Ausbildung, also vor meinem BWL-Studium, einen Ausbildungskollegen hatte, der irgendwie homosexuell war, jedenfalls war er immer nur an Kerlen interessiert, und hatte niemals was von einer Freundin erzählt, und dieser Typ wollte immer Mechthild genannt werden.
Ich frage mich, ob er sein Coming-out schon hatte : -)
Um eines klarzustellen: Ich habe überhaupt kein Problem mit Homosexuellen. Ganz im Gegenteil. Ich bin es zwar nicht, aber ich denke oft darüber nach, es mal mit einem Kerl zu probieren.
Jeder so, wie er mag.
Mein absoluter Favorit sind allerdings homosexuelle Frauen. Allerdings nur die, die sich

nichts darauf einbilden und nicht permanent darauf rumreiten, dass sie lesbisch ist.

Es ist aber, meiner Meinung nach, ein riesiger Vorteil, wenn man mit einer Frau befreundet ist, bei der von Anfang an klar ist, dass es keinerlei sexuellen Interessen gibt.

Da ich überhaupt keine männlichen Freunde habe, warum auch mit Kerlen über Titten sprechen, wenn man die Möglichkeit hat, direkt mit ihnen zu reden ;-)

Okay, das war jetzt etwas arschig, aber ich denke, dass was ich eigentlich sagen wollte, das heißt naja eigentlich weiß ich ja, was ich sagen wollte, aber ich will ja auch, dass Sie verstehen was ich meine, ist: Ich bin lieber mit Frauen zusammen und rede lieber mit ihnen, weil die Art wie Frauen reden, was ihnen wichtig ist und worüber sie so den lieben langen Tag sprechen, ist einfach wunderschön. Ich könnte da stundenlang zuhören : -)

Ich gebe allerdings auch zu, dass es mir manchmal so geht, dass ich auch gerne mal gedanklich abschweife, wenn es jetzt zu feminin wird, was Fräulein da nun von sich gibt. Dann muss man eben nur zur rechten Zeit „Ja" sagen oder bestätigend nicken. Ein weiterer Vorteil vom Abschweifen ist natürlich auch, dass es einem nicht soviel ausmacht, wenn Fräulein einem zum vierten Mal das Gleiche erzählt.

Aber über Kommunikation unter „Freunden" habe ich ja schon was gesagt.

So – nun ist es dunkel und da draußen sitzt nun irgendwo eine einsame, allein gelassene Frau und wartet darauf erlöst zu werden. Wieder im Schlaf und wieder mit einer anderen Pistole, aber wieder in Kiel direkt.

Hierzu muss ich nun sagen, dass es verdammt schwer ist, eine Frau zu finden, die sich nachts auf der Straße rumlümmelt.

Erstens kann man sie kaum von den Männern unterscheiden – im Großen und Ganzen sehen die nämlich im Dunklen sehr ähnlich aus – und dann scheint es tatsächlich so zu sein, dass die Frauen eher dazu geneigt sind, sich nachts in die von der Stadt angebotenen Unterkünfte zu verziehen.

Einerseits natürlich sehr sinnig und auch gut, ander-erseits natürlich auch etwas inkonsequent. Entweder lebe ich obdachlos auf der Straße oder ich bin ein Weichei und verziehe mich bei nächster Gelegenheit. Aber so sind Frauen nun mal. Heute so, morgen so. Das macht sie ja so anders und so liebenswert. Ich möchte noch klarstellen, dass ich hier von den überzeugten Obdachlosen rede und nicht von denen, denen das Schicksal übelst mitgespielt hat.

Man stelle sich vor, dass Frauen so pragmatisch wären wie wir Männer!!!

Dann gäbe es vielleicht keine Frauen die, obwohl sie genau wissen, dass sie gerade schwanger werden können, sagen würden, dass jetzt gerade nichts passieren kann und somit den nächsten Beitragszahler auf die Welt bringen, der unser aller Zukunft sichert ;-)

Ich glaube, dass man Frauen, die so handeln, keinen Vorwurf machen kann. Es gibt eben Situationen, in denen es das gute Recht der Frau ist, ihre Zuneigung und Liebe zu einem Mann, ohne Rücksicht auf Verluste, oder in diesem Fall Zugewinn – ob daher auch der Begriff der Zugewinngemeinschaft kommt *g – nee das war Quatsch. Ich weiß, dass der nicht von daher

stammt. Aber ich weiß auch nicht, woher er stammt.
Ich denke, ich könnte das als Frage an diese eine Sendung da schicken, in der die witzigen Komiker immer die Fragen beantworten. Das Problem ist ja nur, dass ich dann die Antwort auch schon vorher wissen müsste, da man die ja mitsenden muss, mit Quellenangabe, denke ich, damit die das nur noch überprüfen müssen. Wenn ich aber die Antwort vorher schon weiß, brauche ich ja auch die Frage nicht mehr zu stellen. Hmm – schade. Naja, aber so könnte ich vielleicht erreichen, dass auch andere erfahren würden, woher der Begriff stammt. Aber wer will das wissen?
Eigentlich niemand.
Eigentlich ist das egal, oder?
Eigentlich wird der Begriff von vielen Menschen eh nicht verstanden, weil er in ihrem Leben keine Rolle spielt. Und warum sollte man sich um etwas kümmern, was im eigenen Leben keine Rolle spielt? Sollen sich doch die darum kümmern, die es betrifft. Man selbst hat ja genug zu tun – da muss man sich nicht noch um Sachen Gedanken machen, die einen gar nicht tangieren (= berühren, betreffen – glaube ich heißt das).
Bleibt nur zu hoffen, dass diejenigen, die es betrifft, wissen was es bedeutet und was sie damit alles machen können.
Ich weiß es nicht. Es betrifft mich ja auch nicht. Ich bin Single. Ich werde wohl auch immer Single bleiben. Wer will schon mit jemandem wie mir zusammen sein!?
Warum auch?

Wenn ich die Wahl hätte, wäre ich auch lieber mit jemand anderem zusammen, als wie mit mir (das hab ich mit Absicht so formuliert!).
Aber naja – ich bin so, wie ich bin und ich muss mit mir zurechtkommen. Wenn ich sonst schon nichts hinkriege, muss ich wenigstens mit mir klarkommen. Sonst hat das alles keinen Sinn mehr. Dann könnte ich mich ja auch gleich erschießen. Aber was hat das für einen Sinn, wenn ich nicht zumindest an eine Hölle danach glaube? Nein, es macht für einen Atheisten niemals Sinn sich zu erschießen. Gott sei Dank.

Aber zurück zum Thema. Muss gerade mal hochscrollen, um nachzulesen, wann ich nun wiedermal zum ersten und zweiten Mal abgeschwiffen bin. Es ging ja ursprünglich mal um was ganz anderes (die aufmerk-samen Leser (-innen) werden sich erinnern – ich leider nicht, deshalb muss ich nachsehen).

Genau – die Frauen die meinen, in einem Moment totaler Hingabe und mit dem inneren Drang hier und jetzt ihre Zuneigung und Liebe durch die schönste und wichtigste Tat im Leben der Menschen zum Ausdruck bringen zu müssen, ohne Rücksicht auf Verluste und mit dem Wissen, dass hier eventuell etwas entstehen könnte, dessen Entstehung man gar nicht so unbedingt herbeiführen möchte.
Man sagt Männern häufig nach, dass wenn das Blut erst mal unten (im Penis) ist, es nicht mehr genügend Blut für oben (den Kopf / das Hirn) gibt. Kann sein. Warum sollte man in einem durch Triebe gesteuerten Moment auch groß denken? Ist

das nicht durch die Definition des Wortes „Trieb"
automatisch gedeckt?
Ich weiß es nicht.
Ich denke aber, dass dem so ist.
Aber darauf kommt es ja auch nicht an. Es kommt hier nun vielmehr darauf an, dass es bei Frauen genauso ist. Wenn das Hirn, man könnte auch sagen, wenn die Synapsen sagen, dass da jetzt jemand ist, dem man unbedingt die Ehre zu Teil werden lassen sollte, einen zu „begatten" (ich finde ja, dass der Ausdruck eher zu zwei Männern passt, aber egal) dann weiß die Frau in diesem Moment nicht mehr bewusst, dass sie schwanger werden kann, und damit das Leben beider, dass des Begatters und das der Begatteten – also ihr eigenes Leben – nachhaltig und in den meisten Fällen negativ beeinflusst.
(Ich rede hier wohlgemerkt nicht von Leuten, die sich eh Kinder zusammen wünschen, sondern eher von Menschen, die sich mehr oder weniger zufällig begegnen oder aber schon ne Weile zusammen sind, aber trotzdem nicht Festes wollen).
Frauen sind da also genau wie wir Männer. Und das ist auch gut so. Der Frau muss es in dem Moment egal sein, ob das nun der richtige Kerl ist, oder nicht. Dass es sich hierbei um den Richtigen handelt, hat sie ja bereits vorher festgestellt. Der „point of no return" (= der Punkt im Leben, an dem es kein zurück mehr gibt. Da muss man ein Kerl sein und die Eier haben es durchzuziehen – oder eben ne Frau, die weiß, was sie will – obwohl sie es im konkreten Moment nicht weiß – aber nun fangen wir an uns im Kreis zu drehen und machen deshalb einfach weiter) ist also, kurz bevor die

Frau sich frei macht, überschritten, und dann tut sie es. Sie tut es einfach.

Ohne Sinn und Verstand.

Der Trieb gewinnt.

Natur 1 – Gesellschaft 0

Blöd nur, wenn der die Synapsen vorher einen Fehler gemacht haben. Aber naja – jetzt ists zu spät.

Früher war ich der Meinung, dass eine solche Situation, in der ich eine Frau fragte, ob was passieren kann und sie mich wissentlich belogen hatte, die einzige Situation ist, in der es durchaus angebracht wäre, eine Frau zu verhauen, da sie einen unauslöschlichen Schaden in meinem Leben verursacht.

Und das wegen so was Blödem wie Sex.

Dann wurde ich älter und habe begriffen, dass Frauen nun mal so sind, und dass Frauen dafür eben nichts können. Die sind so – die müssen so ein.

Es liegt demnach also alleine am Mann so pragmatisch zu sein und zu sagen, dass es jetzt nicht geht. Und das, obwohl Männer immer nur darauf warten, dass von irgendwoher eine geile Schnalle kommt, die mit dem Finger auf uns zeigt und sagt:

»Du! Jetzt!«

Und dann erwartet man von uns, dass wir dann sagen:

»Och nö! Ich geh lieber mal lange duschen!«

Das geht doch net. Und das geht auch wirklich nicht. Wenn dem so wäre, und jeder Mann nur die Frau begatten würde, die er sich für sein Leben ausgesucht hat, wäre die Menschheit bestimmt nicht die vorherrschende Rasse geworden – oder sehen sie das anders?

(3 Minuten Zeit sich darüber mal ernsthaft Gedanken zu machen!)

Ich sehe das so: Männer laufen herum und warten auf eine Frau. Egal welche Frau, solange sie nur Sex will.

Frauen stehen herum und warten darauf, dass die Synapsen melden: „DER da! DER ist es! DER ist ein Träger guter Erbmassen und DER darf dir einen in die Röhre schieben. DER ist gut genug für dich!

Und von da an ist alles nur noch triebhaft.

Natur 2 – Gesellschaft 0

Sieger ist: Die Natur!

Die Natur gewinnt übrigens immer – da brauchen wir uns gar keine Sorgen zu machen. Nicht wir sind dominant. Wir sind nur ein Teil des Spiels.

Und je mehr wir die Natur herausfordern, umso mehr wird sie uns irgendwann in den Arsch treten. Gott lässt sich doch von uns pobligen Menschen nicht sein Werk vernichten. Vielleicht hat er uns ja nur erschaffen, um mit der Natur eine Art „Belastungstest" zu machen. Sie einer Prüfung zu unterziehen, was sie alles aushält. Ob die Natur wirklich so gut ist, wie er sie erschaffen wollte.

Und wir sind gute Probanden (= Testpersonen). Wir geben unser Bestes, die Natur auf Herz und Nieren nach Schwachstellen zu untersuchen und sie aufzuzeigen. Aber glauben wir wirklich, dass Gott es zulässt, das wir, die Probanden, gewinnen? Sind wir wirklich so blöd? Irgendwann kommt der Moment an dem Gott die Reißleine zieht. Dann wird alles ganz schnell gehen und alle werden sagen: Wir habens gewusst! Wir wussten, dass der

Tag kommt, und jetzt ist da! Hurra, wir hatten alle recht.
Aber wem erzählen wir das dann?
Wer wird das hören?
Aber nun zurück zu meinem Vorhaben.

Es war, wie gesagt, sehr, sehr schwer eine Frau zu finden, die im Winter nachts in Kiel ihren berechtigten Schlaf sucht. Eine habe ich dann aber gegen 03:48 Uhr gefunden. Sie lag unter Brücke. Sie war etwa 1,70m groß, hatte ungepflegte, aber sehr helle blonde Haare und ein total süßes Puppengesicht. Ich schätze sie auf etwa 25, 26 Lebensjahre.
Sie hatte ein kleines Stofftier bei sich. Einen Bären. Auf dem war ein Latz angenäht, auf dem stand: Für meinen Schatz.
Wer ihr den wohl geschenkt hat? Wie kommt`s das eine Frau, die so einen Bären hat, hier herumliegt?
Ist vielleicht ihr Freund oder Mann gestorben und sie kam alleine nicht klar? Vielleicht hat sie auch genug von der Gesellschaft gehabt und wollte bewusst aussteigen und der Bär war eine Erinnerung an ihr altes Leben.
Oder – was auch sein kann, dass sie den Bären nur irgendwo gefunden hat und ihn behielt, um nicht völlig alleine auf dieser Welt zu sein. Vielleicht spricht sie mit dem Bären. Vielleicht erzählt sie ihm von ihren Nöten, Ängsten und Problemen, weil es sonst niemanden auf der ganzen Welt gibt, der ihr zuhört, der sie ernst nimmt, dem sie was bedeutet.
Aber ist das sinnvoll? Sich einem Teddybären anzu-vertrauen? Ist ein Teddy wirklich ein guter Freund?

Jedenfalls hat er nicht verhindern können, dass ich ihr eine Kugel durch den Schädel gejagt habe.
Schade für den Teddy. Nun ist er ein Waise. Und Glück bringt er seinem Besitzer auch nicht.
Trotzdem nahm ich ihn mit mir.
Ich nannte ihn „Bäri". Bäri das Bärchen, der ein Geschenk von Mechthild war, bevor sie unser Land verlassen hat.
Bäri ist ein guter Zuhörer, ein getreuer Kamerad, der immer da ist, wenn man jemanden zum Quatschen braucht. Er ist nie zu beschäftigt, hat eigene Probleme oder ist nicht zu erreichen. Bäri ist der beste Freund, den ich je hatte –

Danke Mechthild!

Was bleibt über: *<u>396 Schuss</u>*, *<u>362 bald tote Menschen</u>*.

Tagebucheintrag von 04.01.2010 Montag

In der letzten Nacht habe ich so gut wie gar nicht geschlafen. Immer wieder kam mir Mechthilds Gesicht in den Sinn. Immer wieder musste ich daran denken, wie sich kurz nach dem tödlichen Schuss ihr Gesicht verändert hatte.
Fast hätte ich den Eindruck gehabt, dass ihre Seele den Körper verlassen hat - oder so.
Haben Sie schon mal einen Menschen sterben sehen? Die fünf, sechs Minuten, nachdem er dahingeschieden ist?
Also im Film ist das cooler.
Vor allem hat mich aber verwundert, dass es ein solch großer Unterschied ist, ob man nun eine Frau oder einen Mann umbringt. Bei den Männern war das eigentlich ganz einfach. Aber bei Mechthild.
Für einen kurzen Moment, als ich vom Bett ins Bad ging, machte ich mir darüber Gedanken, ob ich die Sache vielleicht sein lassen sollte. Immerhin hatte ich gezeigt, dass ich stark genug bin, es zu tun - also Menschen zu töten. Außerdem hatte mich keiner erwischt. Ich könnte jetzt in meinen Wagen steigen und nach Hause fahren. Wahrscheinlich würde mich dann niemals jemand überführen.
Zumal ich mir zu diesem Zeitpunkt noch gar nicht sicher bin, ob die Polizei überhaupt was unternimmt. Interessiert es die überhaupt, wenn ein Obdachloser erschossen wird? Denken die vielleicht, dass es ein anderer Obdachloser war, der irgendwas wollte oder vielleicht einen Streit mit dem Opfer hatte. Aber das kann man ja alles nachvollziehen. Keine Ahnung.
Eigentlich ist`s ja auch egal.

An diesem Morgen habe ich nichts gefrühstückt. Ich wollte den heutigen Tag lieber damit verbringen, durch die Stadt zu laufen und mir meine Gedanken zu machen. Manchmal schadet es ja nicht, Dinge, die man sich vorgenommen hat, noch mal zu hinterfragen. Ich MUSS es ja jetzt auch nicht durchziehen.
Zuerst wollte ich noch Bäri mitnehmen, hatte dann aber Bedenken, weil ich nicht mit diesem kleinen Tier gesehen werden wollte.
Man stelle sich vor, dass man wegen eines Teddys überführt wird.
So was gibt's höchstens mal im Fernsehen. Und zwar bei einem schlechten Krimi – einem sehr schlechten Krimi.
Nein, Bäri musste im Zimmer bleiben und warten. Bevor ich mein Zimmer verlassen hatte, gab ich ihm nochmal einen Kuss auf seine Bärenstirn und erklärte ihm, dass er nun bei mir wäre, und dass es ihm hier bei mir viel besser gehen würde. Hier bei mir wäre es nachts zumindest mal nicht kalt oder nass.
Warum ich ihm einen Kuss gab?
Das war meine kleine Ausrede dafür an ihm schnuppern zu können. Ich meine, wer gibt schon zu, dass er mal an einem Bär schnuppern möchte!?
Ich wollte an ihm schnuppern, weil er nach Mechthild roch. Irgendwie geht mir diese Frau nicht mehr aus dem Kopf.
Ich glaube ich bin verliebt – verliebt in Mechthild.

Ich ging dann jedenfalls ein wenig durch die Stadt. Ich lief durch sie durch, ohne sie richtig wahrzunehmen. Irgendwann kam ich an einem Ortsausgangsschild an, ohne zu wissen, wie ich

nun eigentlich hierher gekommen war. Ich stutzte einen Moment. Dann drehte ich mich um und ging wieder stadteinwärts – auch wieder ohne so richtig zu wissen, wohin es eigentlich geht.
Ich machte mir so meine Gedanken. Über dieses und jenes.
Wie konnte es nur dazu kommen, dass ich heute um diese Zeit an diesem Ort war?
Ist das Schicksal?
Vorsehung?
Zufall?
Ich weiß es nicht.
Eigentlich ist es auch egal.
Es ist, wie es ist. Ich bin hier, ich habe drei Menschen ermordet und es scheint weit und breit keinen zu geben, der vorhat, mir dazwischen zu funken.
Na gut, dann ist das halt so.
Vielleicht ist das doch Schicksal.
Ich meine, es könnte doch sein, dass es so was wie eine Vorsehung gibt. Irgendetwas, was dafür sorgt, dass alles so kommt, wie es kommt.
Wie kann es sonst sein, dass es Menschen gibt, die permanent Pech haben, und andere sich vor Glück kaum noch retten können.
Ein Beispiel: Ein ehemaliger Mitschüler von mir, aus der 9. Klasse.
Wir schrieben eine Chemiearbeit im Chemiegrundkurs. Wir haben beide vor der Arbeit noch mal etwas gelernt und uns gegenseitig Fragen gestellt.
Dann schrieben wir. Jeder für sich und ohne zu spicken. Wir legten beide unsere Hefte, aus denen wir gelernt haben, unter die Bank.

Dann waren wir fertig. Alle Aufgaben gelöst, so gut es ging und dann riefen wir die Lehrerin zu uns. Sie nahm uns die Fragebögen und Lösungen ab, und in dem Moment, als mein Mitschüler ihr seine Lösungen reicht, greift er mit der anderen Hand unter die Bank und die Lehrerin lässt sich das Heft zeigen.
Folge: Er wurde des Abschreibens bezichtigt und musste noch mal von Neuem beginnen. Restzeit in der Stunde: Fünf Minuten!
Er bekam am Ende eine Sechs und wurde aufgrund dieser Note nicht, wie er glaubte, in die 10. Klasse versetzt. Es war nämlich die letzte Arbeit, die in diesem Schuljahr überhaupt zu schreiben war. Wir standen beide auf der Kippe. Er wurde nicht versetzt. Ich schon.
Ich ging in die 10. und er – damals kannte ich mich noch nicht so aus – wahrscheinlich zu irgendeinem Amt.
Ich traf ihn 2006 wieder, der Vorfall ereignete sich 1993, ich war damals vierzehn und er fünfzehn, und er erklärte mir, dass er bis zum heutigen Tage keine Arbeit gefunden hat. Er hätte nun vier Kinder und eine Frau. Da er es nicht anders kennt, und mit dem Geld vom Staat gut zurecht käme, würde das aber weder ihn noch seine Frau oder seine Kinder stören.
Da frage ich mich nun: Was soll das?
Hätte die Lehrerin unter meine Bank gesehen, nur mal so zur Sicherheit, was wäre dann gewesen? Was wäre aus mir geworden, wenn ich von gleich auf jetzt meine Schule hätte verlassen müssen!?
Ist das jetzt Schicksal? Der berühmte Moment, in dem sich alles ändern kann? Der Moment, der über Sieg oder Niederlage entscheidet?

Und wer von uns hat nun wirklich verloren?
Er oder ich?
Er ist mit sich im Reinen. Er hat eine Familie, eine Frau und vier Kinder. Allen geht es gut. Alles ist gut für ihn und seine Familie.
Und bei mir? Ich irre alleine durch die Gegend und bringe Leute um. Ich bin allein. Ich habe keinen. Wenn ich heute sterbe, interessiert das vielleicht meine Familie – aber sonst!?
Und bei ihm?
Ich weiß es nicht.
Jedenfalls denke ich jetzt in diesem Moment an ihn.
Erneut stehe ich vor der Nikolaikirche. Ich stehe hier und denke über meine Schulzeit nach.
Dann fällt mir ein, dass ich damals so dämlich war, nähmlich so dämlich, dass ich nicht nur nähmlich mit „h" geschrieben habe (mir fällt gerade auf, das ist so dämlich, dass die Autokorrektur meines Textverarbei-tungsprogrammes es von alleine weglöscht), sondern so blöd, dass es mir ein Jahr später wieder so erging.
Vier Wochen vor Schuljahresende: Ich hatte keine Bewerbungen geschrieben. Meine Lehrer riefen meine Eltern in die Schule und fragten, was das denn soll? Wieso geht der Junge nicht in die Lehre? Meine Eltern meinten ich sollte das Abi versuchen. Da ich aber nie irgendwelche Klassenarbeiten unterschreiben ließ und auch nicht vorzeigte, wussten sie nicht, wie Spitz auf Knopf es um mich stand.
Für mich war damals mehr oder weniger klar, dass da gar nichts schiefgehen konnte, bzw. ich machte mir keine Gedanken darüber, was denn wäre,

wenn ich scheiterte. Ich lebte damals schon in meiner eigenen Welt.

So kam es, dass ich in der letzten Französischarbeit, ich stand hier auf einer Fünf und musste auf eine Vier kommen, um die Berechtigung zu bekommen, in die 11. Klasse des örtlichen Gymnasiums wechseln zu können. Ich ging auf eine Gesamtschule, die sich die Oberstufe mit einem Gymi teilte.

Wie dem auch sei. Ich war und bin kein Freund vom Lernen. Also ging ich immer mehr oder weniger unvorbereitet in die Klassenarbeiten hinein.

Glücklicherweise war es so, dass unser Französischlehrer seit Mitte Mai krank war und wir deshalb eine Wiederholungsarbeit über die Grundlagen der französischen Grammatik schrieben. Nach der Arbeit war der Lehrer wieder krank und ich wusste gar nicht, was das Ergebnis war.

Dann fasste ich mir am Montag nach der Zeugniskonferenz ein Herz und ging zu meinem Klassenlehrer und fragte nach. Die Antwort war:

> »Natürlich hast du es geschafft. Du hattest doch eine Drei mit acht Punkten in der Arbeit. Das hat gerade ausgereicht, dir die Vier mit vier Punkten zu geben.«

Geschafft!

Versetzt. Das Spiel konnte also weitergehen.

Schicksal?

Glück?

Können?

Ist das der Unterschied zwischen mir, dem Gewinner - und den anderen, den Verlierern?

Das habe ich damals jedenfalls geglaubt. Von diesem Moment an hatte ich Selbstvertrauen. Mir kann keiner was! Ich bin DER! Ich wusste zwar nicht was für einer, aber ich war es. Derjenige, dem niemand was konnte.
Und damit noch nicht genug. Mit etwas mehr Verstand bei der Sache, aber immer noch mit demselben fahrlässigen Denken bin ich dann in die 13. Klasse vorgedrungen.
Es war die letzte Kursarbeit im Bio-Leistungskurs. Hier war nun der Vater des Lehrers krank. Auch hier wurde eine Wiederholungsarbeit geschrieben.
Ich hatte in Bio eine 4 – in der ersten der beiden Arbeiten geschrieben, die für die Zulassung zur Abiturprüfung zählten.
Nun brauchte ich eine Drei mit mindestens acht Punkten, um den nötigen Punkteschnitt zu erreichen, um das Klassen- oder besser gesagt, das große Ziel am Ende meiner schulischen Laufbahn zu erreichen.
Und siehe da – was passierte!?
<u>Befriedigend 08</u>
stand unter der Arbeit.
Es war vollbracht!
Ich hatte keine Sekunde daran gezweifelt.
Naja, das stimmt nicht ganz.
Für uns Gesamtschüler war es sehr schwer aufs Gymnasium zu wechseln, da die Schüler des Gymis sehr viel weiter waren als wir, und die Lehrer hierauf keine Rücksicht nahmen.
So kam es, dass ich, als wir in der zwölften Klasse nun in denselben Kursen waren, wie die Gymnasiasten, dass ich zunächst einmal eine befriedigend 08 schrieb. Das war im Erdkunde-LK. Alle Lehrer, die mich darauf ansprachen, gaben

sich erstaunt. Ich bekam Lob um Lob und verstand nicht wieso.

Dieser einen Drei folgten nun sieben Fünfer in Folge.

Bumm!

Da war die Realität. Zum ersten Mal in meinem Leben.

Die siebte Fünf, die ich bekam, war in Mathe. Meine erste Fünf in Mathe überhaupt. Unmittelbar nach der Stunde, in der ich diese Arbeit zurück bekam, hatte ich eine Freistunde. Ich blieb im Klassenraum sitzen und dachte nach.

Ich glaube mich zu erinnern, dass ich ganz kurz Zweifel daran hatte, dies nun doch schaffen zu können.

Allerdings war mein Selbstbewusstsein so stark, dass ich mich kurz vor Ende der Freistunde aufrappelte und mir sagte, dass ich das schaffen werde. Ich werde das schaffen!

Wenn ich so zurückblicke, war dies der erste und auch zugleich einzige Moment in meinem Leben, indem ich einen solchen Entschluss fasste. Zuvor war das nie nötig und danach ließ ich mein Schicksal immer über mich ergehen.

Die neunte und somit letzte Kursarbeit im ersten Durchgang war Politik. Hier hatte ich es dann erneut auf eine befriedigend 07 geschafft. Damit war das Tal für mich geschafft. Von nun an sollte alles besser laufen.

Ich bin mir nicht sicher, ob ich tatsächlich was geändert hatte, oder ob ich mich nun einfach nur an das Niveau der neuen Schule angepasst hatte. Jedenfalls konnte ich von jenem Moment an wieder genauso weitermachen wie bisher.

Und dieses Stichwort möchte ich nun aufgreifen.

Als ich so durch die dunkle Nacht von Kiel spazierte, entschied ich mich doch dazu weiterzumachen. Weiter, so wie bisher.
Ein mögliches Opfer war mir grad aufgefallen, da lief ich auch schon hin, und schon vier Sekunden später war „Hans-Werner" von all seinen irdischen Leiden erlöst.
Ich benutzte die gleiche Waffe, wie am ersten Tag bei „Pierre".
H-W war etwa fünfzig Jahre alt, stank wie ein Brauereipferd und machte auch sonst keinen sehr lebensbejahenden Eindruck auf mich.
Zumindest, soweit ich das beurteilen konnte, in der halben Minute, in der ich ihn entdeckte und erschoss.
Danach ging ich zügigen Schrittes in die Pension zurück und legte mich ins Bett.
Rechts neben mir lag Bäri.

Was bleibt über: <u>*395 Schuss*</u>, <u>*361 bald tote Menschen*</u>.

Tagebucheintrag von 05.01.2010 Dienstag

Als ich aufwachte, ging es mir wesentlich besser als am Vortag. Ich schaute aus dem Fenster und sah ein paar Menschen, die die Straße entlang liefen. Es war 08:26 Uhr.
Ich ging mich duschen und dann runter zum Frühstücksbuffet. Ich aß genüsslich zwei Brötchen mit Marmelade und ein Ei. Dazu trank ich einen Kaffee.
Danach ging ich ins Foyer, wo die örtliche Tageszeitung auslag. Ich nahm sie und blätterte ein wenig darin.
Ich fand es seltsam, dass nicht über die vier Morde berichtet wurde, die sich ereignet hatten. Im Fernsehkrimi ist das doch immer so, dass die Polizei sofort groß Alarm schlägt, wenn etwas mit Obdachlosen ist. Hier scheint das nicht der Fall zu sein.
Eigentlich sollte mich das ja beruhigen. Aber andererseits sind keine Infos keine guten Infos.
Wäre mir lieber gewesen, wenn ich was gelesen hätte. Dann wüsste ich, wie die Infos der anderen Seite sind. So konnte ich das nicht wissen. Was sollte ich nun tun? Wieso bekam ich nun wieder Selbstzweifel?
Vielleicht hatte ja noch niemand gemerkt, dass die Menschen tot sind. Das kann aber nicht sein. Immerhin lag Pierre z. B. vor einem Hauseingang.
Ich entschied mich dazu, auch die anderen Zeitungen der Reihe nach zu studieren.
Immer dasselbe Ergebnis.
Nichts.
Seltsam.

Ob ich mal an meine Tatorte zurückkehre, um nachzusehen, was da los ist!? Nein! Auf gar keinen Fall. Im Fernsehen sieht man auch immer, dass es ein großer Fehler ist, wenn die Täter an den Ort der Tat zurückkommen. Andererseits heißt es auch immer, dass alle Täter früher oder später wieder an den Ort des Verbrechens zurückkehren. Warum machen die das wohl?
Keine Ahnung.
Eigentlich ist es auch egal.

Ich ging in mein Zimmer und hörte Radio. Auch hier gab es keine Infos zu irgendwelchen toten Obdachlosen.
Ich setzte mich an den kleinen, braunen Schreibtisch, der vor dem Fenster zur Straße, in meinem Appartement stand. Ich holte meinen Stadtplan hervor und suchte mir nun ein paar Tatorte außerhalb des eigentlichen Kiels aus. Ich wollte es nun auch mal woanders tun. Mir schien es nur problematisch sicherzustellen, dass man in den Vororten auch Obdachlose finden würde, die man töten könnte. Hier war es leicht Menschen dieses Schlages zu finden. Aber wie wird es außerhalb des Stadtkernes sein?
Dort wo ich herkomme, gibt es die Obdachlosen eigentlich nur in den Innenstädten und Bahnhöfen. Aus diesem Grund entschied ich mich dazu, am Nachmittag etwas mit meinem Auto herumzufahren.
Während ich so fahre, kommt mir eine Idee. Das örtliche Telefonbuch oder gar die Gelben Seiten werden mir helfen irgendwelche Missionen und so weiter zu finden, in denen man diese Art Menschen häufig antrifft. Wenn dann jemand

alleine weggehen würde, würde ich ihn mir bei geeigneter Gelegenheit schnappen.
Ein guter Gedanke?
Nein, ein schlechter Gedanke.
Wenn ich einen Menschen töten würde, kurz nachdem er die Mission verlassen hat, würde die Polizei konkrete Aussagen und Zeitangaben erhalten. Das wäre schlecht für mich.
Hmm, was nun? Sollte ich einfach weitermachen wie bisher? Sollte ich vielleicht mal einen Tag Pause machen und dafür einen Tag später zwei Leute töten?
Es ist nun der fünfte Tag und schon diese Probleme. Dabei war ich doch gut vorbereitet – dachte ich. Alles ist klar. Alles ist so einfach. Und dann das!
Naja, die Realität und die Fantasie sind eben zwei paar Schuhe. Nichts ist so schön und einfach, wie man es sich denkt. Immer ist irgendwas.
Ich fuhr alsbald wieder zurück. Voller Zweifel und Ängste, etwas Falsches, etwas Unüberlegtes zu tun.
Dann tat ich das, was ich in solchen Situationen immer mache: Augen zu und durch.
Aber halt, dachte ich bei mir, während ich in der Tür stand. Mein Aktionsradius betrug bis jetzt etwa zehn Kilometer um meine Pension verteilt. Immer ging ich direkt nach meiner Tat zurück ins Zimmer. Jeden Abend sah der gleiche Aufpasser, wann ich zurückkam. Das musste sich nun ändern. Aber wie? Es war gegen 17:45 Uhr, als ich die Pension verließ.
Der Tag heute war sehr bewölkt und es schneite ein wenig. Demnach war es für die Uhrzeit schon sehr dunkel.

Ich suchte mir nun in einer schmalen Gasse, im Ortskern der Stadt, einen Obdachlosen, den ich in ein kurzes Gespräch verwickeln konnte. Nachdem wir den kurzen Plausch beendet hatten, gab ich ihm eine Münze und setzte ich mich in ein Café, von wo aus ich sehen konnte, wenn er sich wegbewegt.

Als dies geschah, es war so gegen 20:00 Uhr, folgte ich ihm. Es war immer noch genug los auf der Straße, sodass ich glaubte, dass ich ihm unbemerkt folgen konnte.

Als er dann am Güterbahnhof ankam, sprach ich ihn an. Er erinnerte sich an mich. Er fragte, ob ich wieder eine Münze für ihn hätte. Ich griff in meine Innentasche und schoss auf ihn. Drei Schüsse gab ich auf ihn ab, da ich mir nicht sicher war, ob ich ihn vorher schon tödlich verletzt hatte.

Dann sah ich mich um, und konnte feststellen, dass weit und breit niemand war. Ich ging zurück in die Stadt, wo ich in einer Pizzeria eine Bolognesepizza aß und eine Cola trank. Danach ging ich ins Kino und sah mir den letzten Film, einen blutigen Horrorfilm, in der Spätvorstellung an.

Als dieser vorbei war, ging ich zurück ins Hotel.

Was bleibt über: *__392 Schuss__*, *__360 bald tote Menschen__*.

Tagebucheintrag von 06.01.2010 Mittwoch

Ah, Mittwoch. Der sechste Tag meiner Reise. Ich stehe um 9:48 Uhr auf und mein erster Gedanke fällt auf das Datum.

Heute ist der 6. Januar 2010. Heute vor 26 Jahren brachte eine Frau ein Mädchen zur Welt, das wohl mein ganzes Leben bei mir sein wird – gedanklich. Es war ein Mädchen – DAS Mädchen meines Lebens. Meine Traumfrau. Die Frau für dich Morden würde, naja Sie wissen, was ich meine.

Leider habe ich auch das versaut. Wir reden seit zehn Jahren nicht mehr miteinander, aber trotzdem denke ich jeden Tag an sie. Ich denke, dass es schön wäre, wenn wir ein Paar wären, wenn wir Kinder hätten und uns durch die Höhen und Tiefen des Lebens schlagen würden. Das wäre was. Dann hätte mein Leben eine feste Richtung und einen Sinn.

Aufgrund meiner Art und meiner Einstellung habe ich es mir aber bereits vor zehn Jahren gründlich versaut. Immer wieder habe ich sie fertig gemacht, zum Weinen gebracht und abgewiesen. Irgendwann war das Maß dann voll und dann war sie weg ☹.

Sie war damals 15 und ich 19. Wir waren bei ihr zu Hause.

27. Dezember 1999.

Abendessen. Es gab Lasagne und wir waren in der Küche. Alleine. Sie hatte „ein halbes Kilo" Lasagne auf dem Finger, das vom Abendessen über war. Unsere Eltern und Geschwister waren noch beim Nachtisch im Esszimmer. Sie hielt mir den Finger vor meinen Mund und fragte, ob ich das ablecken möchte. Ich motzte: „Nein."

Ich liebte es sie zurückzuweisen und zu beleidigen. Denn sie kam immer wieder zu mir. Immer wieder. Wirklich immer und immer wieder. Das war so ein tolles Gefühl.

Dann, eine halbe Stunde später, kam sie erneut. Diesmal hatte sie ein paar Fotos vom Geburtstag ihrer Mutter in der Hand. Ich wollte sie mir ansehen und sie schob sich die Fotos in den BH. (Dieser BH ist übrigens ein sehr glücklicher BH, weil er ihre Brüste halten darf ;-))

Dann grinste sie und drückte ihre Brust nach vorne. Ich verzog mein Gesicht und sagte ihr, dass, nur wer total bekloppt ist, diese Dinger anfassen und darein greifen würde.

Kawuuum!

Ihre Gesichtszüge entgleiten. Mein Grinsen vergeht mir. Sie wendet sich ab und sieht aus dem Küchenfenster. Sie weint nicht und beschwert sich nicht. Sie ist ruhig. Keine Reaktion. Nichts. Ich bleibe sitzen. Dann steht sie auf und verlässt die Küche. Sie geht in ihr Zimmer. Kurz darauf verlasse ich die Bekannten und gehe nach Hause.

Abends in meinem Bett denke ich nochmal über den Tag nach und erfreue mich meiner „cleveren" Taten und dann erneut:

Kawuuum!

Mir schießt eine Erkenntnis durch den Kopf: Ich bin verliebt. Ich liebe dieses kleine, blonde Mädchen.

Wow!

Das ist mir so noch nie passiert. Natürlich hatte ich schon vorher was mit Frauen, sogar recht früh, vielleicht sogar viel zu früh, aber das soll jetzt hier nicht das Thema sein. Es geht vielmehr darum, dass die „Qualität" der Gefühle, die ich nun spürte, eine ganz andere war. Es war heftig. In diesem Moment tat mir auch leid, was ich zu ihr gesagt habe. Seitdem sie fünf Jahre alt war, habe ich sie immer nur fertig gemacht und fand es lustig. Aber nun lag ich in meinem Bett und es tat mir leid. Richtig leid. Wenn es ihr nur halb so weh tat, all die Jahre, wie es mir in diesem Moment leidtat, dass ich an diesem Abend so zu ihr war, dann ... . An dieser Stelle fehlen mir die Worte es richtig auszudrücken.

Als ich an diesem Punkt angekommen war, musste ich an meinen Deutschlehrer aus der achten Klasse denken:

>»Nichts ist schlimmer, als keine Gefühle für jemanden zu haben. Es ist immer noch besser auf jemanden wütend zu sein, als dass einem jemand gleichgültig ist. Wenn man jemandem egal ist, dann ist alles vorbei.«

Dann dachte ich wieder an sie.

Keine Tränen, keine Enttäuschung – nur Schweigen. Schweigen und das Zimmer verlassen.

Als ich sie das nächste Mal getroffen habe, etwa vier Monate später, hatte sie einen Freund bei sich. Sie hatte zwar vorher auch schon zwei Freunde, aber diesmal war es anders. Sie redete nicht mehr mit mir, sondern nur noch mit ihrem Freund. Einmal redeten wir kurz auf dem Balkon. Seltsamerweise erklärte sie mir hier, dass ihr Freund, der kurz davor erklärte, dass der Kirchbaum, der gegenüber dem Balkon stand, ein Apfelbaum wäre, und dass er Äpfel sehr mögen würde, ein Idiot sei.

Das sagte sie mir über ihre beiden anderen Freunde, die ich kennenlernen durfte, auch. Was sollte das? Was bedeutete das? Ich weiß es nicht. Ich wusste nur, dass ich dastand und wusste, dass ich verliebt war. Und sie hatte nun ihren dritten Idioten. Super!

Da ich nun sehr verwirrt und wohl auch etwas überfordert war, ging ich so schnell wie möglich nach Hause.

Das Gespräch auf dem Balkon war bis heute unser letzter Dialog. Traurig aber wahr. Wenn ich an all die verlorenen Jahre denke, die mir niemand mehr zurückgibt. Während ich das so schreibe, könnte ich weinen. Was bin ich doch für ein Idiot!

Aber was soll man machen? Man ist, wie man ist. Auch dann, wenn es mal nicht so angenehm ist.

Gedanken wie diese, gehen mir in solchen Momenten sehr oft durch den Kopf. Sie begleiten mich ständig. Vor allem aber an so gewissen Tagen wie Weihnachten, ihrem Geburtstag und eben dem 27.12. eines jeden Jahres. Immer und immer wieder. Und mit jedem Jahr wird der Schmerz schlimmer. Jedes Jahr denke ich die verlorene Zeit. Ich weiß heute nicht einmal, was sie tut. Vielleicht lebt sie ja schon gar nicht mehr!? Ich weiß es nicht. Aber eigentlich ists mir nicht egal.

Wenn ich daran denke, dass sie irgendwann stirbt – also viel früher als ich, weil sie z. B. mit 32 von einem LKW überfahren und ich bis dahin nicht mehr mit ihr geredet habe, dann bin ich psychisch durch. Dann ist das mein Ende. Das darf nicht passieren. Niemals.

Nachdem ich meine depressive Viertelstunde überstanden hatte, ging ich duschen und danach frühstücken. Ich bekam fast nichts runter. Mir war

schlecht. Trotzdem zwang ich mich ein halbes Brötchen und ein Ei zu essen. Dazu noch eine Tasse Kaffee und dann ging ich raus an die frische Luft.
Ich gehe gerne an die frische Luft, um nachzudenken. Es hilft mir beim Denken, wenn ich mich draußen bewege.
Immer wieder kreisten meine Gedanken um dasselbe Thema. Immer wieder sie. Immer nur sie. Ich lief mindestens elf oder zwölf Mal durch das gleiche Stadtviertel. Immer mal wieder sah ich dieselben Gesichter an den Fenstern der Häuser. Was die wohl dachten? Ich hoffte, dass die Leute nicht denken würden, dass hier einer rumläuft, der sich einen Plan für einen Einbruch oder Autodiebstahl machen möchte. Allerdings war ich so depressiv, dass es mir völlig egal war. Ich dachte mir, wenn sie dich jetzt einbuchten, dann hast dus verdient. Wer sich einer Frau gegenüber so blöd verhält, der sollte auch nicht draußen rumlaufen dürfen. Wenn sie mich erwischen, dann jetzt. Jetzt oder nie.

Da ich so langsam Hunger bekam, suchte ich mir einen Kiosk an dem es was zu essen gab, kaufte mir eine Kleinigkeit und versuchte danach auf andere Gedanken zu kommen. Es gab heute ja noch etwas, dass ich erfüllen musste.
Also holte ich einmal tief Luft und machte mich ans Werk. Erneut ging ich ins Stadtzentrum und suchte mir mein nächstes Opfer aus. Diesmal sollte ein sichtlich volltrunkener Mann sein. Er saß in einer kleinen Seitengasse auf seinem Rucksack und versuchte sich eine Jacke anzuziehen, was ihm erst

nach etwa zwanzig Minuten gelungen war, so besoffen ist dieser Kerl gewesen.
Naja, um den wird es auch nicht schade sein, dachte ich mir und wartete, bis es dunkel wurde. Der Mann schlief bereits seit vier Stunden, ohne sich groß zu bewegen. Als ich mich ihm näherte, konnte ich sehen, dass er sich kürzlich in die Hose gepisst hatte. Deshalb nannte ich ihn „Pissi". Ich sah mich kurz um, dann zog ich meine Knarre, dieselbe, die ich bei Mechthild benutzt hatte, und jagte ihm eine Patrone durch den Schädel. Dann ging ich in die Pension zurück und legte mich in mein Bett. Ich wollte einfach nur, dass dieser schrecklichste Tag des Jahres endlich sein Ende findet.

Was bleibt über: *__391 Schuss, 359 bald tote Menschen__*.

Tagebucheintrag von 07.01.2010 Donnerstag

Guten Morgen liebe Welt – du hast mich wieder. So gut wie heute habe ich mich schon lange nicht mehr gefühlt. Der siebte Tag ist erreicht. Alles ist gut. Ich bin immer noch auf freiem Fuß und ich fühle mich herrlich. Da ist es wieder: Dieses Gefühl unantastbar zu sein. Ich könnte die ganze Welt aus den Angeln heben und niemand würde merken, dass ich das war.

Zuerst einmal packte ich meine sieben Sachen zusammen und brachte sie zum Wagen. Dann ging ich frühstücken, checkte aus und machte mich auf meinen Weg zur nächsten Stadt.

Lübeck. Die gute alte Hansestadt Lübeck hat das große Glück mich als Nächstes bewirten zu dürfen. Zuvor jedoch musste ich nochmal einen Menschen töten.

Motiviert durch meine gute Laune und das Gefühl, der Größte zu sein, fuhr ich einfach noch einmal in die Stadt hinein. Ich aß in einem amerikanischen Schnellrest-aurant zu Mittag und wartete darauf, dass ein Obdachloser hierher kam, um sich einen Burger zu holen. Es dauerte etwa eine Stunde, bis ein geeignetes Objekt kam. Als es wieder ging, folgte ich ihm. Sofort, nachdem es um eine Ecke bog und sich hinsetzte, wollte ich aktiv werden, damit ich diese schöne Stadt so schnell wie möglich verlassen konnte.

Dann aber dachte ich mir, dass ich ihm wohl doch den letzten Burger essen lassen sollte. Hmm, was für ein Gedanke, dass das letzte Essen, was man zu sich nimmt, ein fettiger Burger ist. Aber naja, was soll`s. Andere Menschen verhungern. Deren letztes Mahl besteht aus Luft. Oder wie auch immer.

Es genoss seinen letzten Burger richtig. Als es alles aufgegessen hatte, bin ich zu ihm gegangen und habe es gefragt, ob`s denn gemundet hat. Es schaute mich verstört an. Wusste nicht, was ich von ihm wollte. Dann reichte ich ihm eine Münze. Es grinste und nahm sie an. Dann fragte ich noch einmal, ob es denn geschmeckt hat. Es nickte.
Dann sah ich mich noch einmal um. Niemand zu sehen. Wie schön - dachte ich in diesem Moment, dass sich diese Opfermenschen immer irgendwohin zurückziehen, damit ihnen ja niemand etwas von ihrem hart zusammen gebettelten Essen wegnimmt.
Ja, wir leben in einer Neidgesellschaft. Aber wer hätte gedacht, dass die schon so weit unten beginnt!?
Nachdem ich nun die Bestätigung hatte, dass das Essen gemundet hat, griff ich noch einmal in meine Jacken-tasche. Es grinste. Wohl dachte es, dass es eine weitere Münze bekommen würde. Ich kniete mich nieder und es hielt seine Hand auf. Ich schaute mich um. Niemand zu sehen. Ich zog meine Pistole und „Zack" - war auch „Burger-Willi" erlöst. Durchs Ohr schoss ich ihm. Die Austrittswunde war toll. Richtig toll. Fast hätte ich einen Steifen bekommen.
Ja, ich gestehe es, seit diesem Moment machte es mich an. Ein schönes Gefühl.
Jetzt weiß ich, wie es sich anfühlt, wenn man in seinem Leben etwas erreicht hat. Großartig.
Ich sah mich erneut um. Niemand zu sehen. Also ging ich fort. „Burger-Willi" sackte mit seinem Kopf zur Seite. Es sah aus, als würde er schlafen. Eigentlich wollte ich ihn gerade hinsetzen, aber da ich meine Handschuhe vergessen hatte, war mir

dies nicht möglich. Also ging ich schnellst möglich, zu meinem Auto.

Dort angekommen fuhr ich sofort los. Ich fuhr Richtung Lübeck. Auf dem Weg dorthin kam ich an einem Rastplatz vorbei, wo ich anhielt. Ich wartete bis das einzige andere Auto, welches sich hier befand, wegfuhr und dann habe ich mir genüsslich einen runter geholt.

Was für ein geiler Tag.

Was für ein geiles Leben.

Ich bin der Größte!

Ich fuhr nicht auf direktem Wege nach Lübeck, sodass es gegen 22 Uhr war, als ich an meiner gebuchten Pension ankam.

Nach meiner Anmeldung ging ich auf mein Zimmer und ließ mir ein Bad ein. Ich besuche nur Hotels und Pensionen, in denen es auch Badewannen gibt. Ich brauche das. Ohne ein heißes Bad ist das Leben nur die Hälfte wert. Schön mit etherischen Ölen oder richtig viel Schaum. Dann bin ich für zwei Stunden beschäftigt. Herrlich.

Besonders schön fand ich, dass dieses Zimmer nun einen Internetanschluss hatte.

Dennoch ging ich alsbald ins Bett, schaute mir noch ne DVD an und schlief dann ein.

Der bisher schönste Tag des Jahres fand ein herrliches Ende. So muss das laufen.

Was bleibt über: ***390 Schuss***, ***358 bald tote Menschen***.

Tagebucheintrag von 08.01.2010 Freitag

Guten Morgen liebe Welt. Lübeck! Die größte Stadt in Schleswig-Holstein, zumindest flächenmäßig. Sehen Sie – und schon haben Sie wieder was gelernt ☺ . Lübeck ist in Schleswig-Holstein und größer wie Kiel (flächenmäßig).
Also dann – auf zum Quiz und die Million gewonnen ;-) .
Ich freue mich schon auf Lübeck. Die Altstadt Lübecks ist, soweit ich das weiß, ein Teil des Weltkulturerbes. Naja, bin jedenfalls mal gespannt, wie sie mir gefällt.
Bevor ich heute Morgen frühstücken ging, habe ich mich ins Internet geloggt und nachgesehen, ob man nun von meinen Taten Kenntnis nahm, oder nicht. Und siehe da! – Es war so. Im Internet fand ich tatsächlich einen Bericht über vier Morde an Obdachlosen. Leider hat die Polizei noch keine Spur, sie glaubt aber, dass es sich um einen „Serientäter" handelt. Wie die nun darauf kommen, kann ich nicht nachvollziehen. Wie kann das sein? Hoffentlich habe ich keine DNA hinterlassen. Aber sonst könnte es ja fast nichts anderes sein, oder? Wenn mich jemand gesehen hätte, dann wären sie ja konkreter hinter jemandem her. Aber so, wie ich den Bericht las, konnte es eigentlich nur eine Vermutung sein, oder eben so, dass DNA gefunden wurde. Dabei hatte ich sehr darauf geachtet, keine DNA zu hinterlassen. Aber was soll`s. Sollen sie ihren Serientäter suchen. Ich bin jedenfalls zufrieden damit, dass ich endlich erfahren hatte, dass man Notiz von meinen Taten genommen hat. Das wäre ja sonst wie bei einer Affäre, z. B. mit einer

Kollegin, von der keiner Notiz nehmen würde. Das geht ja gar nicht. Kennen Sie das, wenn Sie etwas tun, was eigentlich geheim bleiben soll – Sie es aber nicht schaffen, es für sich zu behalten, weil es einfach zu schön ist, oder, wenn es herauskommt, Sie ganz toll dastehen lässt!?

Hierfür ist meiner Meinung nach eine Affäre mit einer Kollegin, die noch dazu anderweitig vergeben ist, ein gutes Beispiel (funktioniert auch bei einer Frau mit einem Kollegen):

Sie haben da so eine Kollegin, mit der Sie sich immer gut verstanden haben und plötzlich kommt diese auf Sie zu und will mehr. Sie lassen sich darauf ein und alles ist gut. Das Dumme ist nur, dass es keiner merkt – also keiner weiß, dass SIE es geschafft haben, diese tolle Person für sich zu begeistern.

Was tun?

Sie verraten es jemandem. Irgendeinem guten Freund oder Bekannten, einem anderen Mitarbeiter Ihrer Firma, z. B. bei einem Meeting oder einer Fortbildungs-veranstaltung, oder aber, wenn Sie wollen, dass es sofort Ärger gibt, einem unmittelbaren Arbeitskollegen. Bitte tun Sie mir den Gefallen und sagen Sie es als Mann niemals einer weiblichen Kollegin, dass Sie eine Affäre angefangen haben, das wäre total verrückt. Bei Frauen, die sich einen Kollegen geangelt haben, sagen Sie`s bitte auch keiner Frau. Das gibt nur Ärger.

Aber egal zurück zum Problem:

Sie verraten es also einem Kollegen. Einem, der womöglich bei Ihnen im Büro sitzt. Dann ist es passiert, dass ein „Dritter" es wahrgenommen hat, und somit ist die Affäre „real" geworden.

Was meine ich damit?
Ich meine, das heißt, dass ich persönlich der Meinung bin, dass Dinge solange nicht „real" sind, bis sie von einem „Dritten" wahrgenommen wurden.
Ein Beispiel:
Ihre Chefin bittet Sie zu einem Gespräch in ihr Büro. Diese Frau ist von allen geachtet und kommt seriös rüber. Sie betreten das Büro und kommen zwanzig Minuten später wieder raus. Dann fragen Sie die Kollegen, was denn war und Sie erklären, dass Sie ein Gespräch über Ihre persönliche Zukunft mit der Frau geführt haben. Dann haben „Dritte" (die anderen Kollegen) es vernommen und dann ist das so. Das Gespräch wurde also real. Wenn Sie nun aber in echt mit ihr Sex hatten – hatten Sie trotzdem keinen Sex mit ihr, denn es weiß niemand davon. Alle Kollegen denken, dass Sie ein Gespräch mit ihr hatten. Fertig. Somit sind Sie einer von Vielen. Sie sind wie alle anderen. Schade, oder? Obwohl Sie der tolle Hecht sind und ganz, ganz bestimmt der Einzige, mit dem die Frau so was je gemacht hat (ha, ha, ha, das glauben Sie ja wohl selbst nicht, oder ;-)), sind Sie trotzdem nur einer von Vielen. Schade, oder?
Was anderes ist es, wenn z. B. jemand von den Kollegen an der Tür lauscht, dann können Sie trotzdem Ihren Satz sagen, aber nun werden alle anderen wissen, was für ein toller Kerl Sie sind. Nur wissen Sie nun nicht, dass die anderen es wissen. Auch blöd, oder? Und was das für ein Gerede gibt. Stellen Sie sich vor, Sie würden dann befördert oder bevorzugt werden. Dann kämen die ganzen Neider hervor. Das gäbe vielleicht einen

Ärger. Aber zumindest hätte der Sex „real" stattgefunden, da „Dritte" davon erfahren haben.
Ich hoffe, dass rüberkommt, was ich meine. Man braucht halt immer jemanden, der es ebenfalls weiß, oder es gesehen hat.
Nun zurück zur Affäre.
Was also machen?
Man teilt es jemandem mit.
Und damit beginnen nun die Probleme. Einerseits fragen sich die Kolleginnen, warum Sie sich ausgerechnet diese Frau ausgesucht haben und Sie sich nicht für sie entscheiden konnten und andererseits wird Ihre Affäre einen gewissen Ruf bekommen. Damit ist keiner Kollegin genutzt.
Auf der anderen Seite, sind da dann die Kollegen, die Sie einerseits bewundern werden, aber andererseits auch Ansprüche gegen diese Frau stellen werden, mal ran zu dürfen. Immer hin sind wir doch alle allemal besser wie Sie, oder??
So kommt es nun, dass das gesamte Gefüge innerhalb der Gruppe zerstört wird, nur, weil Sie es clever fanden, andere an Ihrer heimlichen Affäre teilhaben zu lassen, damit die ganze Liebelei überhaupt einen Sinn macht. Denn wer will schon ne Affäre mit der geilen Kollegin haben, ohne dass die „Loser" um einen herum davon Wind bekommen?
Niemand.
Ihrer Affärenfrau gegenüber sollten Sie sich aber trotzdem ein anderes, viel, viel besseres Argument für die Verkündung des großen Geheimnisses ausdenken.
Aber gut. Wie kam ich jetzt schon wieder darauf? Moment, bitte. Ich scrolle hoch und sehe nach
.

.
.
.
.

Richtig. Es ging darum, dass man endlich von meinen Taten Notiz genommen hat. Das ist nun genau dasselbe. Wenn es niemand merken würde, dass die Leute tot sind – sind sie dann überhaupt tot?
Das stellt sich dann wieder die Frage nach der Wahrnehmung. Ich weiß, dass sie tot sind. Ich habe sie umgebracht. Aber reicht das? Ich meine nein! Denn, wenn ich sie umbringe, es aber niemand merkt, dann weiß niemand, dass sie tot sind. Und wenn es niemand weiß, dann sind die auch nicht tot. Ich brauch also jemanden, der es bestätigt, dass sie tot sind.
Das ist nun der Fall.
Durch die Tatsache, dass die Polizei nun glaubt, dass es ein Serientäter war, sprich es war jedes Mal derselbe, der die Menschen/ Obdachlosen getötet hat, kann ich nun in dem Glauben leben, dass sie den Beginn meines Werkes voll mitbekommen haben.
Ich werde mir also einen Namen machen!
Endlich was erreicht im Leben.
Ich bin nun vollends motiviert und ich werde mich sofort nach dem Frühstück auf den Weg machen, mein Werk auch in Lübeck fortzusetzen.
Ich stelle mir nun aber die Frage, wie ich vorgehen werde. Vor allem interessiert es mich zu erörtern, ob ich nun eine bereits in Kiel verwendete Waffe verwenden soll, oder nicht? Wenn ja, ist es dann clever einen Obdachlosen zu töten oder sollte ich

hiermit lieber bis Donnerstag, den Tag meiner Abreise warten?
Oder töte ich lieber einen weiteren Obdachlosen mit einer anderen Waffe?
Oder töte ich mit einer bekannten Waffe einen Menschen, der meiner Ansicht nach nicht obdachlos ist?
Immerhin ist Lübeck nur etwa 80 Kilometer von Kiel entfernt. Das ist nicht soweit, wie man denkt.
Wie dem auch sei. Jetzt habe ich erst einmal Hunger und gehe frühstücken.
Trotzdem bin ich aber schon gespannt, wie ich mich entscheiden werde. So viele Fragen, soviel Motivation, so viele Menschen/ potenzielle Opfer – man, man, man – ist das spannend!

Nachdem ich ein ordentliches Frühstück zu mir genommen hatte, ging ich in die Stadt hinein. Ich aß zwei hartgekochte Eier, drei Doppelweck mit Erdbeer-marmelade und Honig, dazu trank ich zwei Tassen Kaffee und zum Abschluss noch ein Glas Orangensaft. Hmm – O-Saft.
Als ich so durch die Stadt schlenderte, betrachtete ich mir so die Menschen, die hier herumliefen.
Es waren tolle Menschen, es waren zufrieden aussehende Menschen. Keine Opfermenschen. Einerseits freute es mich, andererseits bekam ich hierdurch natürlich Probleme.
Was tun nun?
Da erblickte ich ein Internetcafé.
Ich sah mir durch die Schaufensterscheibe das treibige (ich weiß, dass es das Wort nicht gibt, aber das hatten wir ja schon einmal!) Tun der Leute an, die sich darin befanden, und stellte fest, dass man hier relativ für sich war. Neben jedem Sitzplatz

war eine Art Trennwand aus Holz aufgestellt, sodass der Nachbar nicht sehen konnte, was am Nebencomputer geschieht.

Dann kam mir die Idee. Ich surfe im Internet herum und suche mir hier jemanden.

Ich wählte – na was wohl!? Richtig! Einen Sexchat.

Hier wählte ich mich ein und suchte mir einen jungen Mann. Jawohl einen Mann. Nein, ich bin nicht schwul und auch nicht bi! Ich will ihn ja töten und nicht poppen.

Ich entschied mich deshalb für einen Mann, weil die eher dazu neigen keinem etwas zu sagen, wenn sie sich heimlich treffen. Frauen neigen ja eher dazu jemandem bescheid zu geben. Ja, ja diese Frauen und ihre Ängste, dass hinter jedem Baum, hinter jeder Wand einer wartet, der ausgerechnet SIE vergewaltigen will. Ich denke, dass da auch viel Wunschdenken dabei ist, oder?

    Frau: »Mich wollte noch nie jemand vergewaltigen!«

Warum auch?

Naja egal.

Also, ich traf mich mit einem 18-Jährigen auf einem Autobahnrastplatz, wo wir uns gegenseitig „lieb haben" wollten.

Ich erklärte ihm, dass ich einen Lederfetish hätte, damit er keine Zweifel bekommt, wenn er meine Handschuhe sieht. Ich kaufte mir noch schnell ein paar Lederhosen, Bikerstiefel und eine schöne dunkle Lederjacke, dann machte ich mich auf den Weg. Gegen 21 Uhr trafen wir uns. Der Junge war da. Schön. Das gefiel mir. Meistens sind solche Internettreffen ja nur Scherze, bei denen der andere nicht auftaucht (habe ich gehört – von einem, der einen kennt, der das schon irgendwo gelesen hat).

Und nicht nur, dass er da war, er sah auch noch genauso aus, wie er sich beschrieben hatte. Er war 1,78 groß, wog etwa 60 Kilo und hatte längeres blondes Haar.

Als mein Auto den Parkplatz erreichte, stieg ich aus und näherte mich seinem Wagen. Ich beobachtete ihn genau. Er stieg ebenfalls aus. Er hatte mich weder fotografiert noch sonst irgendetwas getan, was meine Identität nachher feststellen ließe. Als ich an seiner Haube ankam, schüttelten wir uns die Hand und gingen in das Klohäuschen hinein. Es war so ein kleines Plumpsklohäuschen. Ich achtete darauf, dass ich nichts anfasste. Als wir drinnen waren, drehte er sich um und öffnete seine Hose. Während er dies tat, zog ich meine Waffe, und ohne dass er etwas davon mitbekam, schoss ich ihm in den Schädel. Zweimal. Er sackte nieder und war tot.

Ich öffnete die Tür und sah mich um. Niemand zu sehen. Ich eilte zu meinem Wagen, immer die Einfahrt im Auge, startete den Motor und fuhr los.

Ich schien so, als ob es geklappt hat.

Ich war sehr aufgeregt.

Ich war sehr gespannt, was das Internet am nächsten Morgen darüber schreiben würde. Hatte ich vielleicht doch einen Fehler gemacht? Hatte er sich vielleicht irgendwas notiert oder sonst irgendeinen Vermerk gemacht, wen er wann treffen wollte.

Ich habe natürlich einen falschen Namen verwendet – natürlich, ich bin ja nicht blöd.

Dennoch habe ich mich korrekt beschrieben und ihm auch mein Autokennzeichen genannt und mein Auto korrekt beschrieben, damit er keinen Verdacht schöpft und wegfährt. Dann hätte ich mir jemand anderen suchen müssen. Das wär mir zu lästig gewesen und ich hätte dann wahrscheinlich keinen umgebracht. Und das geht ja nicht. Ich muss meiner Linie ja treu bleiben. Sonst endet das alles unkoordiniert im Chaos. Nein, nein, dieses Risiko konnte ich nicht eingehen und habe mich deswegen richtig beschrieben.

Das war nun mein Problem. Alleine schon das mit dem Kennzeichen! Soviel Dummheit müsste eigentlich bestraft werden. Eigentlich, wenn ich so darüber nachdenke, habe ich ihm das Kennzeichen sogar freiwillig genannt – er wollte es gar nicht wissen.

Auf einmal war ich so aufgeregt, dass ich Tränen in die Augen bekam. Ich hatte Panik. Mein Herz raste. Was nun?

Ich fuhr zurück ins Hotel. Ich setzte mich sofort an den Pc und suchte nach Berichten über diesen Mord. Nichts zu finden – noch nicht. Aber das wird kommen. Wenn sich der Typ als Gedankenstütze das Kennzeichen notiert hat, bin ich am Arsch.

So setzte ich mich auf mein Bett und sah mir eine DVD, einer meiner Serien an, und horchte jeden Laut, jede Sirene, die zu hören war. Ich war aufgeregt. Das kann nicht gut gehen. Aber ändern kann ich es auch nicht.

Ich überlegte mir, was ich sagen soll, wenn die Polizei mich erwischt. Am Besten wird es sein, dass ich gestehe, ihn poppen gewollt zu haben, aber, als ich an dem Ort ankam, da war er schon tot.

Wieso ich die Polizei nicht anrief? Ich hatte einen Schock. Ich war vollkommen fertig. Ich wusste nicht, was ich tat. Bitte entschuldigen Sie, lieber Herr Kommissar, mein Fehlverhalten, aber ich war einfach völlig durch den Wind.
Ob das klappen kann? Ich weiß es nicht. Gibt es eine Alternative? Nein! Es muss klappen. Es wird klappen! Ich bin ein Gewinner, bei dem in den entscheidenden Momenten immer alles klappt.
Aber es gibt immer ein erstes Mal. Irgendwann ist die Straße zu Ende und dann kommt die Mauer. Und wenn man, so wie ich, nicht vom Gas geht, dann knallt man voll dagegen und ist weg. Aus. Vorbei. Der Spieler hat sein Glück überreizt und das war`s. Ich überlege nun, ob ich vielleicht einen anderen Wagen hätte wegfahren sehen können, aber den Gedanken verwerfe ich lieber schnell wieder. Wenn derjenige, den ich benenne, ein Alibi hat, mache ich mich damit nur noch unglaubwürdiger. Nein, nein, ich war da alleine. Da war sonst keiner. Nur ich und der geile Boy.
Man, man. Das geht so nicht. Ich kann überhaupt nicht schlafen. Ich stehe kurz vor einem Nervenzusam-menbruch.
Ich bin so fertig, dass ich die Pension wieder verließ. Bis 06:38 Uhr bin ich durch Lübeck gelaufen. Ich weiß weder, wo ich war, noch was ich gedacht hatte. Diese Stunden sind völlig verschwunden. Da ist nichts. Gar nichts.

Was bleibt über: **_388 Schuss_**, **_357 bald tote Menschen_**.

Tagebucheintrag von 09.01.2010 Samstag

Was für eine Nacht liegt hinter mir. Bei jeder Sirene, die ich hörte, bekam ich Angst. Kommen sie mich jetzt holen?
Aber es kam nichts. Gegen acht Uhr hielt ich es in meinem Bett nicht mehr aus und ging an den Pc. Ich suchte nach einer Meldung über die Geschehnisse des vorigen Tages. Ich wurde fündig. Allerdings stand in dem Bericht, dass die Polizei keine konkreten Spuren vom Täter gefunden hat. Man vermutet, dass es ein Raubüberfall war, da das Opfer keinen Geldbeutel bei sich hatte.
Was für ein Glück! Da hatte „Dieter", wie er sich mir gegenüber nannte, doch tatsächlich kein Geld mitgenommen. Welch glückliche Fügung.
Ich fühlte mich direkt etwas besser. Ich hatte zwar immer noch ein flaues Gefühl im Magen, aber zumindest konnte ich jetzt runter in den Frühstücksraum gehen und einen Kaffee trinken.
Danach verließ ich die Pension und sah mir Lübeck an.
Zuerst ging ich zum Theater. Naja. Dazu sag ich mal nichts. Finde es sieht von außen wie ein Bahnhof aus. Vielleicht ist das aber ja auch beabsichtigt – ich weiß es nicht. Danach sah ich mir dann den „echten" Bahnhof an. Sieht aus wie ein Theater!!
Seltsam!
Was da wohl schief gelaufen ist?
Nee, quatsch. War`n Scherz. Der Bahnhof sieht nicht wie ein Theater aus. Sieht wie`n Bahnhof aus. Supi. Und Züge sind da auch gefahren. Noch supier (ja, auch dieses Wort gibt es nicht; warum

ich trotzdem benutze? Weil ich es kann, und weil Papier geduldig ist :-P).

Jedenfalls gefällt mir Lübeck nicht so gut wie Kiel. Kiel war schöner. Auch die Menschen schienen mir in Kiel irgendwie menschlicher zu sein. Ich kann es nicht genau erklären, aber ich hatte das Gefühl, dass die Kieler herzlicher sind. Kann aber auch einfach nur an meiner Wahrnehmung der Menschen gelegen haben und an meiner derzeitigen Stimmung. Ich weiß es nicht. Ich will auch keine Lübecker oder so beleidigen. Das ist einfach meine Wahrnehmung gewesen. Iss so.

Als ich so durch das „Örtchen" marschierte, sah ich mich nach neuen Opfern um. Ich wollte einfach keine Obdachlosen mehr töten. Die haben es ja schon schwer genug. Auch ohne, dass ich sie umbringe.

Irgendwie hat mir der Mord an dem Typen was gegeben. Nachdem das nun scheinbar einfach so funktioniert hat, wollte ich es wieder so machen. Das Töten eines solchen Menschen hat irgendwie eine andere Qualität. Ein Obdachloser ist ein Obdachloser. Aber einen Menschen mit „einem Leben", einem „richtigen" Leben, mit einem festen sozialen Umfeld und einem geregelten Leben zu töten, das ist was ganz anderes. Das ist schön. Das ist eine Herausforderung. Das hat was!

Also denke ich, dass ich nun die nächste Stufe erreicht habe und jetzt weiterhin solche Personen als Opfer suchen werde.

Aber wie? Wie kommt man in einer Stadt, in der einem alle fremd sind, zu Opfern? Man kann wahrlos töten. Aber macht das Sinn? Und wie soll das gehen? Ich lege mich irgendwo auf ein Dach und schieße einfach drauf los? Das ist blöd. Ich will meinem Opfer in die Augen sehen. Das mit den schlafenden Leuten habe ich auch schon hinter mir. Das Opfer soll einen kurzen Moment lang realisieren, dass es jetzt stirbt. Sonst wirft das wieder zu viele Fragen in meinem crazy Hirn auf. So nach dem Motto: Weiß er jetzt, dass er tot ist, oder nicht!? Solche Gedanken machen mich fertig. Ich will nicht, dass die Leute nicht wissen, dass sie tot sind. Man muss doch wissen, was abgeht. Ich finde, dieses Recht hat jeder Mensch. Auch wenn er tot ist.

Da ich vorerst keinen anderen Einfall habe, gehe ich wieder in ein Internetcafé, aber in ein anderes und suche dort im regionalen Chat nach einer geeigneten Person.

Ich dachte mir, dass ich in Lübeck nun einfach immer junge Männer töten werde. So kann die Polizei eine Art Profil erstellen. Die „Profiler" müssen ja auch beschäftigt sein. Also töte ich in Lübeck nur junge Männer, die mir sexuelle Dienste erweisen wollen, ohne aber finanzielle Interessen zu haben. Das ist doch mal was. In Kiel waren es die Obdachlosen und in Lübeck die jungen Männer.

In der nächsten Stadt werde ich mir dann was anderes ausdenken.

Es ist übrigens keine Absicht, dass ich immer mal wieder zwischen den verschieden Zeitformen hin und her wechsle. Das mache ich grad so, wie es mir gefallen hat. Bin eben crazy. Aber ich hatte in der Schule aufgepasst. Ich habe gewusst, dass man in einem Aufsatz immer nur eine Zeitform verwendet. Ich weiß, dass das hier gerade für sprachestetiker ganz harte Kost ist, aber ich sah das als kreative Eingebung des Autoren an. Find ich supi.

Egal, zurück zum Thema.

Ich war also in einem Internetcafé und stellte fest, dass hier ausschließlich Menschen mit Migrationshintergrund (Einfach formuliert: Ausländer!) an den Computern saßen. Auch waren alle Leute, die hier arbeiteten Ausländer. Als ich mir darüber Gedanken machte, fiel mir auf, dass es bei mir im Saarland fast genauso ist. Da frage ich mich doch, warum? Keine Ahnung. Mir fiel nun auf, dass ich durch diesen Umstand natürlich auffalle. Ich bin der einzige Mensch ohne Migrationshintergrund in diesem Café. Ich sage bewusst nicht „DEUTSCHER"!!!

Und alle, die das nicht verstehen, sollten sich genau darüber mal Gedanken machen! Das ist ein Unterschied. Viel Spaß dabei ;)

Nun ja, es dauerte nicht lange, und ich hatte, was ich wollte. Ein junger Mann, 18 Jahre, 1,78m, 65 Kilogramm schwer, Nichtraucher, sprachbehindert (gab er an, obwohl er nur stottert; keine Ahnung, ob das schon eine Behinderung ist, aber kann mir ja auch egal sein), wollte sich mit mir auf einem Rastplatz Richtung Fehmarn treffen. Gegen 20 Uhr. Er würde in einem roten Ford Fiesta sitzen.

Ich habe diesmal keine Angaben zu meinem Wagen oder meinem Kennzeichen gemacht. Ich erklärte ihm kurz, wie ich aussehe und auf was ich stehe. Dann fragte ich ihn noch nach seinem Familienstand und er gab an, dass er Single ist und in einer eigenen Wohnung lebt. Wenn das mit uns gut wäre, dann könnte er sich auch vorstellen, dass wir uns mal bei ihm treffen und dann richtig die

Kuh fliegen lassen können. Aber ein erstes Treffen wollte er nur an einem Rastplatz.

Das wollte ich zwar alles gar nicht wissen, obwohl eigentlich schon, denn ich habe ihn ja gefragt, aber seine Antwort war viel zu lange und langweilig. Aber was soll man machen. Da ist eben Toleranz angesagt.

Ich verließ das Café nach unserem Chat und ging noch einen Kaffee trinken. Dann fuhr ich los.

Ich hatte wieder Glück. Er war da. Der rote Fiesta. Aber ich hatte nun wieder Panik. Was, wenn das eine Falle der Polizei ist? Wenn er selbst Polizist ist. Dann würde er gewarnt sein und seine Waffe vielleicht schneller ziehen als ich. Dann wäre ich plötzlich tot. Das geht aber nicht. Ich habe doch schon einen Plan für morgen. Mein Leben kann und darf nicht so plötzlich enden. Das geht nicht. Das kann ich jetzt im Moment gar nicht für mich realisieren. Diese Möglichkeit ist keine mögliche Option. Obwohl es so sein kann. Nein kann es nicht. Wenn ich es mir nicht vorstellen kann, dann kann es auch nicht passieren, denke ich. Also gehe ich völlig angstfrei, in Gedanken, aber immer mit dieser Möglichkeit im Hinterkopf, auf ihn zu. Das geht so nicht. Wenn ich die Möglichkeit für mich in Betracht ziehe, dann wird es so kommen. Gleich bin ich tot. Gleich kommt irgendjemand und erschießt mich, während ich meine Waffe ziehe, um diesen kleinen Bläser zu ermorden.

Ich erreiche seinen Wagen.

Ich sehe ihm in die Augen.

Er lächelt mich verschmitzt an.

Die Tür öffnet sich.

Mir wird schlecht.

Ich sehe mich selbst neben mir stehen.

Bin ich schon tot?
»Guten Abend. Ich bin Tommy. Du schaust sehr geil aus, Torben.«,
begrüßt er mich und hält mir die Hand hin.
»Hallo, Tommy. Ebenso.«,
erwidere ich und schüttel seine Hand.
»Wollen wir`s im Auto machen oder hinten hinter dem Toilettenhäuschen?«
Ihr denkt jetzt sicher, dass ich ein Problem damit hätte, dass ich ihm die Hand geschüttelt habe und ich so D N A hinterlassen hätte, oder dass ich unachtsam war, gell?
NEEEEEIN!
Ich habe doch gestern schon geschrieben, dass ich immer Handschuhe trage.

„Ich erklärte ihm, dass ich einen Lederfetish hätte, damit er keine Zweifel bekommt, wenn er meine Handschuhe sieht."

Genau das habe ich gestern bereits geschrieben. Ich habe es nicht ein weiteres Mal geschrieben, weil ich es nicht immer wieder doppelt und dreifach schreiben will. Ich habe es nämlich, kluhk, wie ich bin, hierher kopiert. Leider mussten Sie es zweimal lesen, aber wen interessiert das jetzt noch. Es ist Vergangenheit und die drei Sekunden, die es vielleicht gedauert hat, das zu lesen, haben Sie nun verloren und bekommen Sie nie wieder zurück.

So, zurück zum Thema.

Ich erklärte ihm, dass ich gerne hinter das Häuschen gehen will und dass er vorgehen soll.

Ich würde mir gerne seinen Arsch betrachten. Er tat es.

Dann erreichten wir das Häuschen. Ich bat ihn, sich mit dem Rücken gegen die Wand zu lehnen, seine Hose aber noch nicht zu öffnen. So muss ich sie später nicht schließen und die Polizei glaubt eher nicht, dass wir uns hier zum Sex getroffen hätten.

Er lehnte sich gegen die Wand.

Ich sah zum Platz.

Ich zog meine Waffe und platzierte einen Plattschuss.

Vorbei.

Er sinkt nieder.

Ich schieße noch zwei Mal in seine Stirn.

Es ist vollbracht. Ich gehe zu meinem Auto und fahre zur Pension.

Dort gehe ich duschen und setze mich auf das Bett. Ich sehe mir vier Folgen einer Serie auf DVD an und lege mich dann schlafen.

Wieder einen Tag geschafft.

Herrlich.

Was bleibt über: <u>*385 Schuss, 356 bald tote Menschen*</u>.

Tagebucheintrag von 10.01.2010 Sonntag

An diesem Morgen wachte ich nicht mehr auf ...

Hendrik Jakobsen

Prinzessin Leonie II

Ich bin Prinzessin Leonie.
Jeden Morgen wache ich glücklich auf.
Jeden Morgen, wenn ich aufwache, kommt meine Mama zu mir und drückt mich. Auch mein Papa lässt es sich nicht nehmen, jeden Morgen, bevor er zur Arbeit geht, ganz viel Zeit mit mir zu verbringen.

Ich bin sieben Jahre alt, habe dunkelbraune Haare und wunderschöne Prinzessinenaugen, sagt meine Mama.

Am liebsten spiele ich mit meinen Puppen. Irgendwann möchte mich mal Kinder haben. Sieben Stück.

Morgens, wenn ich aufwache, und wenn dann die Sonne scheint, bin ich so glücklich. Dann rufe ich meine Mama und sie kommt zu mir in mein Zimmer. Dann gehen wir ins Bad, und sie bürstet mir meine Haare. Dabei zählen wir dann immer zusammen bin 50. Fünfzig Mal bürstet sie die linke Seite und danach die andere Seite.

Danach essen wir was und ich trinke meine Milch – denn Milch ist gesund und gut für mich – sagt meine Mama.

Wenn ich satt bin, gehen wir spielen.
Manchmal spiele ich mit meinem besten Freund auf der Welt, das ist Max. Eigentlich heißt er Maximilian, aber seine Mama nennt ihn Max. Er kommt meistens mit seiner Mama zu meiner

Mama und dann spielen wir zusammen. Wenn schlechtes Wetter ist, bleiben wir zu Hause, und bei schönem Wetter gehen wir in den Park. Meine Mama muss nämlich nicht arbeiten gehen. Papa verdient gaaanz viel Geld, damit Mama immer bei mir sein kann.

Ich wäre froh, wenn ich auch viel Geld verdienen könnte, aber das geht leider nicht. Obwohl meine Mama immer zu mir sagt und der Papa bestätigt das, dass ich alles machen kann!!

Ich bin halt ihre kleine Prinzessin – Prinzessin Leonie :-)

Heute kommen wieder alle zu mir – um mich zu drücken und lieb zu halten, denn meine Mama hat gesagt, dass wir heute zum Doktor gehen, der hat mich nämlich letzte Woche untersucht, und gesagt, dass ich einen bösartigen Tumor im Kopf habe, der gestreut hat, und deshalb gehen wir heute nochmal dorthin und dann werde ich ganz lange schlafen.

Ich hoffe nur, es wird nicht zu lange sein, denn mit sieben Jahren habe ich mein Leben gerade erst begonnen – aber lesen und schreiben kann ich schon.

Also – ich muss jetzt noch meine Schuhe anziehen und dann geht es los.

Bis bald! Eure kleine Prinzessin Leonie :-*

Hendrik Jakobsen

Happy Birthday, Günther

Ich erwachte bereits um 5:43 Uhr am Morgen, weil mir die Sonne ins Gesicht schien. Heute ist der Tag meines 42. Wiegenfestes. Freunde oder Bekannte habe ich keine zu mir eingeladen, da ich keine Zeit zum Feiern habe.
Ich muss den ganzen Tag arbeiten und für das kommende Wochenende ein Seminar für meinen Chef organisieren. Dies tue ich, um meine Stellung in der Firma wieder aufzubessern, nachdem ich letzte Woche, aus Versehen, einen Schaden in Höhe von 1,2 Millionen Mark angerichtet hatte.
Es läuft zurzeit eben nicht rund bei mir.
Alles, was irgendwie schief gehen konnte, ging schief.
Aber jetzt wird alles besser, dachte ich bei mir, und ging auf meinen kleinen Balkon, im 2. Stock meiner, am Rande eines bayrischen Dorfes gelegenen, Mietwohnung. Es war ein herrlicher Sommermorgen.

Ich spürte es!
Heute war MEIN Tag!

Dies änderte sich aber sofort wieder, als ich sah, dass mein Auto weg war! Ich sah auf den Platz, auf den ich meinen Golf gestern Abend gestellt hatte – meinen schwarzen Golf – und hier stand nun ein anderer Wagen des gleichen Typs.
Ich ging zu meinem Telefon und rief die Polizei an. Ich meldete den Verlust meines Autos. Der Beamte am anderen Ende der Leitung teilte mir mit, dass sich am Vormittag ein Kollege bei mir melden wird. Ich erwiderte ihm, dass ich den ganzen Tag arbeiten müsste, und dass ich keine Zeit für den Beamten hätte. Daraufhin legte mein Gesprächspartner auf.

Ich überlegte, was ich nun tun sollte? Bis zu meinem Arbeitsplatz waren es mit dem Auto etwa 1 ½ Stunden. Eine Bus- oder Bahnverbindung gab es nicht. Ich sah zum Himmel. Es zogen Wolken auf. Ich machte mir erst einmal einen Kaffee, und während dieser durch die Maschine lief, ging ich duschen. Danach frühstückte ich. Um halb 9 musste ich bei der Arbeit sein. Es war nun halb 7. Unmöglich zu schaffen.
Ich entschloss mich, ein Taxi zu rufen. Gerade als ich wählen wollte, klingelte mein Telefon. Es war meine Freundin, die mich bat sie gleich abzuholen. Ich erklärte ihr meine Situation – sie zeigte kein Verständnis und griff mich verbal sehr hart an. Das wäre mal wieder typisch für mich. Ich wäre ein Versager. Ihrem alten Freund Peter wäre so etwas niemals passiert. Dann sagte sie, wenn ich sie nicht abholen käme, würde sie sich wieder mit eben diesem Peter treffen, mit dem sie sowieso schon die letzten beiden Nächte verbracht hätte. Er wäre ein richtiger Mann. Er würde seiner Firma

Geld einbringen, anstatt diese finanziell zu schädigen. Dann sagte sie in ihrer Wut, dass nun Schluss sei mit uns. Sie legte auf. Ich sah aus dem Fenster. Es regnete. Ich hob den Hörer meines Telefons ab und wollte jetzt ein Taxi rufen. Das Telefon war tot. Draußen donnerte und blitzte es. Ich schloss die Balkontür und setzte mich für einen Moment an den Küchentisch. Dann viel mir mein Handy ein. Ich griff es und wählte die Nummer der Taxizentrale. Eine freundliche Stimme in meinem Gerät verkündete mir, dass mein Prepaidguthaben aufgebraucht wäre, und dass ich erst Neues aufladen müsste, bevor ich wieder telefonieren könnte.
Ich war gefrustet.
Eben war es noch – mein Tag - und nun war es wieder - mein Leben – grausam.
Nur gut, dass ich nette Nachbarn hier in meinem Haus habe, dachte ich, und ging hinunter, um an der Tür zu klingeln, damit ich mir dort ein Taxi rufen konnte. Keiner öffnete. Da fiel mir ein, dass die beiden Familien, die in diesem Haus wohnten, zusammen für 3 Wochen in Urlaub gefahren waren. Aber ich ließ mich nicht entmutigen. Ich ging zu unserem einzigen Nachbarhaus und läutete dort. Die Klingel war abgeschaltet, da beide Ehepartner wohl wieder Nachtschicht hatten.

Also machte ich mich zu Fuß auf den Weg. Es half ja nichts.
Natürlich hatte ich keinen Schirm, da ich meinen vorgestern im Theater vergessen hatte. So lief ich 2 Stunden lang über die kleine Landstraße neben dem Wald, ohne dass mir eine Menschenseele begegnete. Plötzlich klingelte mein Handy. Auf

dem Display konnte ich die Nummer meines Chefs erkennen. Ich schaute auf die Uhr - sie war vom Regenwasser kaputt gegangen.
Ich nahm das Gespräch an. Mein Chef war wütend, da ich schon 25 Minuten über die Zeit war und ich in 5 Minuten ein wichtiges Meeting mit finanzstarken Kunden hatte. Ich erklärte ihm meine Situation und teilte ihm mit, dass ich frühestens in 45 Minuten in der Firma sein könnte, woraufhin er mir wutentbrannt erklärte, dass ich gar nicht mehr zu kommen bräuchte, wenn ich nicht in 5 Minuten in der Firma wäre. Er legte auf.

Ich fand das alles zum Kotzen.

Als ich 20 Minuten später das kleine Nachbardorf erreichte, sah ich das Plakat eines Reisebüros. Hier war ein brasilianischer Strand abgebildet. Als ich dieses traumhaft schöne Bild sah, wurde mir warm ums Herz und ich musste lächeln.
Ich blieb stehen und überlegte kurz, ob ich es wagen sollte!? 3 Wochen Brasilien!? Ich rief noch einmal in der Firma an, wo man mir meine Kündigung bestätigte.
Ich entschloss mich nun, die Reise anzutreten. Ich ging so wie ich war zu meiner Bank, hob meine 3000 Mark erspartes Geld von meinem Konto ab, und ging zum Flughafen, wo ich mir ein Ticket nach Brasilien kaufte.
Ich stieg in das Flugzeug und atmete tief durch. Meine Kleider waren halbwegs getrocknet und die Last meiner letzten Wochen fiel mit einem Mal von mir ab.
Ein herrliches Gefühl!

Ich konnte förmlich spüren, wie ich mein altes Leben, durch das Betreten des Flugzeuges, hinter mir gelassen hatte.
Dann ging es los.
Die Maschine hob ab.

Nach etwa einer Flugstunde begann ein Triebwerk zu brennen und die Maschine neigte sich langsam nach vorne. Im Flugzeug brach Panik aus.

Dann bekam ich eine SMS.

Ich las sie:

"Hallo, Günther!
Alles Gute zum Geburtstag von mir und dem Rest der Familie.
Wie gefällt dir die neue Farbe deines Autos?
Wir haben es heute Nacht lackieren lassen – so wie du es schon immer haben wolltest. Die Nummernschilder liegen unter dem Wagen.
Ich hoffe die Überraschung ist gelungen!
Dein Bruder Achim!"

7 Sekunden später schlug das Flugzeug auf dem Boden auf.
Es gab keine Überlebenden.